CARAMBAIA

ASAS
MIKHAIL KUZMIN

TRADUÇÃO Francisco de Araújo
POSFÁCIO Ivan Sokolov

7
Quadro de personagens

11
Parte um

75
Parte dois

125
Parte três

171
Posfácio
IVAN SOKOLOV

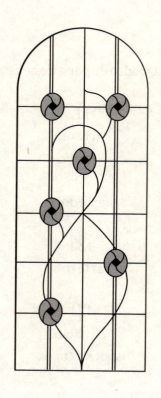

QUADRO DE
PERSONAGENS

FAMÍLIA SMÚROV

- Ivan Petróvitch Smúrov (Vánia)
- Nikolai Ivánovitch Smúrov (tio Kólia), seu primo

FAMÍLIA KAZÁNSKI

- Aleksei Vassílievitch Kazánski, tutor de Vánia
- Anna Nikoláievna Kazánskaia (Aneta), sua esposa
- Natália Alekséievna Kazánskaia (Nata), sua filha
- Koka e Boba, seus filhos
- Konstantin Vassílievitch Kazánski (tio Kóstia), seu irmão

ESCOLA

- Danil Ivánovitch, professor de grego

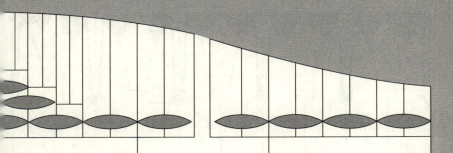

FAMÍLIA SORÓKIN

Prokhor Nikítitch Sorókin, um velho crente

Arina Dmítrievna Sorókina, sua esposa

Aleksandr Prokhórovitch Sorókin (Sacha), seu filho

Mária Dmítrievna, sua cunhada

Serguei (Serioja), um empregado da casa

SÃO PETERSBURGO

Larion Dmítrievitch Stroop, um rico aristocrata de família inglesa

Ida Pávlova Holberg, uma aristocrata

Stepan Stepánovitch Zassádin, um conhecido de Stroop

ITÁLIA

Ugo Orsini, músico e amigo de Danil Ivánovitch

Cônego Ulisses Mori, amigo de Danil Ivánovitch e tutor de Vánia em Roma

Madame Monier, uma aristocrata francesa, amiga de Orsini e Stroop

Anna Blónskaia, uma aristocrata russa

Serioja, um pintor, amante de Anna Blónskaia

Verônica Cibo, uma "mulher fatal"

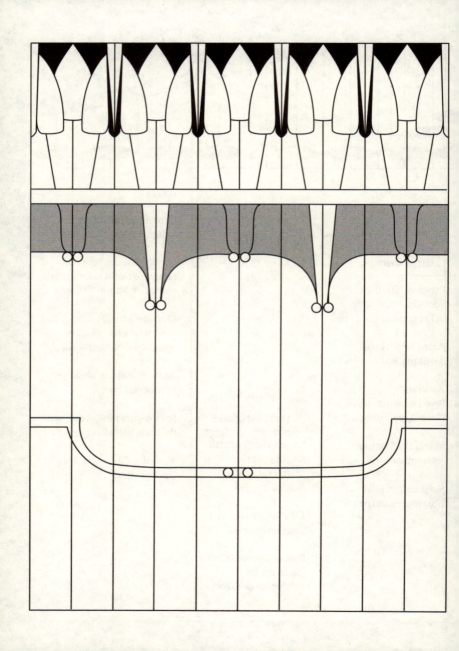

PARTE UM

No vagão, que havia se esvaziado um pouco ao despontar do dia, começava a clarear. Ainda se viam através das janelas embaçadas, embora fosse fim de agosto, o brilho quase intoxicante do verde da relva, as estradas molhadas, os carrinhos das leiteiras diante das cancelas fechadas, as guaritas dos vigias e algumas veranistas passeando com suas sombrinhas coloridas. Nas frequentes e monótonas estações em que o trem parava, novos passageiros locais, trazendo suas pastas, ocupavam o vagão, e era evidente que o trem e a estrada não eram para eles uma época, nem mesmo um episódio da vida, era parte corriqueira do programa diário, e o banco em que se sentavam Nikolai Ivánovitch Smúrov e Vánia[1] parecia ser a coisa mais sólida e importante de todo o vagão. As malas firmemente atadas, as correias acolchoadas, o velho senhor de cabelos compridos sentado em frente, a bolsa fora de moda que ele trazia no ombro – tudo dizia algo de uma jornada mais longa, menos habitual, mais capaz de fazer da viagem uma época da vida.

---

[1] Denominação afetuosa de Ivan. Ao longo do romance aparecem outros hipocorísticos como esse – Ivánuchka e Vánietchka –, muito comuns no russo. [TODAS AS NOTAS SÃO DO TRADUTOR.]

Ao olhar para o raio de sol avermelhado que atravessava as nuvens de fumaça da locomotiva e brilhava inconstante no rosto estúpido de Nikolai Ivánovitch dormindo, Vánia se lembrou da voz rangente dessa espécie de irmão, que lhe dizia na antessala da então distante "casa": "Do dinheiro de sua mãe não sobrou nada para você. Sabe que não somos ricos, mas estou disposto a ajudá-lo como a um irmão. Ainda faltam a você muitos anos de estudo, comigo não pode ficar, mas o deixo com Aleksei Vassílievitch e vou visitá-los. Na casa dele, além de reinar a alegria, pode-se encontrar muita gente importante. Deve se empenhar. Natacha e eu ficaríamos contentes de ficar com você, mas é decididamente impossível. E sem dúvida será mais feliz com os Kazánski, os jovens vivem por lá. Eu pago suas despesas agora e subtraio o valor quando separarmos tudo". Vánia ouvia, sentado na janela da antessala, enquanto contemplava o sol a iluminar o canto de um baú, as calças de listras cinza e violeta de Nikolai Ivánovitch e o assoalho envernizado. Sem fazer esforço para compreender o sentido daquelas palavras, ele pensava em como havia morrido a mãe, em como de repente a casa se enchera de mulheres, antes estranhas, depois incrivelmente íntimas, e recordava o corre-corre, os funerais, o enterro e o súbito e árido vazio depois de tudo aquilo. E, sem olhar para Nikolai Ivánovitch, não fazia mais que dizer maquinalmente: "Sim, tio Kólia²". Embora Nikolai Ivánovitch não fosse tio, mas primo.

E agora a Vánia parecia estranho ter de viajar com uma pessoa que de toda maneira era inteiramente alheia a ele, e estar tanto tempo ao seu lado, falar de negócios, fazer planos... Vánia estava um pouco desiludido, ainda que já soubesse que seria assim, por não entrar em Petersburgo atravessando um grande arco que levasse direto ao centro, aos palácios e grandes edifícios rodeados de gente, de sol, de música militar, mas passando por intermináveis hortas, que se viam do outro lado de cercas cinzentas, por cemitérios, que de longe pareciam bosques românticos, pelos prédios pestilentos de seis andares para trabalhadores, pela fumaça e a fuligem. "Esta é Petersburgo!", pensava Vánia com decepção e curiosidade, enquanto olhava para a cara de poucos amigos dos carregadores.

— Já leu, Kóstia³? Posso? – perguntou Anna Nikoláievna, levantando-se da mesa e pegando com seus

---

2 Hipocorístico de Nikolai.
3 Hipocorístico de Konstantin.

longos dedos, muito enfeitados com anéis baratos embora fosse de manhã cedo, o maço de jornais russos que Konstantin Vassílievitch lhe entregava.

— Sim. Nada de interessante.

— O que pode haver de interessante em nossos jornais? Nos estrangeiros, sim, admito que possa haver! Lá, tudo se pode escrever e por tudo se deve responder, inclusive nos tribunais, se for necessário. Aqui acontece algo terrível: não se sabe em que acreditar. As notícias e os comunicados do governo são falsos ou desimportantes, e, salvo a corrupção, a vida mesma do país nunca é assunto, só nos restam os rumores dos correspondentes estrangeiros.

— Mas também no estrangeiro não se encontram mais que rumores sensacionalistas e, aliás, não respondem perante a lei por suas mentiras.

Koka e Boba remexiam preguiçosamente as colheres nos copos e comiam pão com manteiga barata.

— Aonde vai hoje, Nata? Tem muito o que fazer? - perguntou Anna Nikoláievna num tom um pouco afetado.

Nata, cheia de sardas, de lábios vulgarmente grossos e cabelos arruivados, respondeu algo com a boca cheia de pão. Tio Kóstia, um tesoureiro fraudador de certo clube obscuro, que depois da saída da prisão, sem casa nem trabalho, vivia com o irmão, indignava-se com um caso de peculato.

— Agora, quando tudo desperta, surgem novas forças, tudo revive – inflamava-se Aleksei Vassílievitch.

— Eu não sou absolutamente a favor de que todos despertem. A tia Sônia, por exemplo, prefiro dormindo.

Entravam e saíam alguns estudantes e jovens de jaqueta, que trocavam impressões, tiradas dos jornais, sobre as recentes corridas de cavalos. Tio Kóstia exigia vodca. Anna Nikoláievna, já de chapéu, falava de uma exposição, enquanto tirava as luvas, e olhava de soslaio para tio Kóstia, que tremia ligeiramente a mão ao encher o copinho e, com olhos bondosos e avermelhados, dizia: "Uma greve, meus amigos, já sabem como é, já sabem...".

— Larion Dmítrievitch! – anunciou a empregada, já passando depressa para a cozinha e aproveitando para recolher uma bandeja com copos e uma toalha de mesa suja e amarrotada que estavam pelo caminho.

Vánia se voltou, dando as costas à janela, onde se encontrava, e viu entrar pela porta aquela figura comprida que conhecia tão bem, em trajes demasiadamente largos, de Larion Dmítrievitch Stroop.

* * *

Vánia havia começado, desde algum tempo, a pentear-se com frequência e preocupar-se com a toalete. Ao avistar seu reflexo em um pequeno espelho pendurado na parede, olhou com indiferença para seu rosto pouco expressivo, redondo e corado, os grandes olhos acinzentados, os lábios carnudos, belos, mas ainda infantis, e seus cabelos claros que, deixados crescer um pouco, estavam ligeiramente encaracolados. Ele nem gostou nem desgostou daquele menino alto e magro de camisa preta e sobrancelhas finas. Pela janela se via o pátio com suas lajes molhadas, as janelas da ala do edifício da frente e os mascates que vendiam fósforos. Era feriado e todos ainda dormiam. Mas Vánia havia se levantado cedo, como de hábito, e, sentado junto à janela, à espera do chá, ouvia o repique dos sinos da igreja próxima e o murmúrio dos empregados arrumando o quarto ao lado. Ele recordou os dias de festa lá, "em casa", na velha cidadezinha de aldeias, seus quartos muito limpos com cortinas de musselina e suas lamparinas, a missa, a torta depois do almoço, tudo simples, claro e gracioso, então começou a sentir o tédio daquele tempo chuvoso, dos realejos nos pátios, dos jornais no chá da manhã, da vida desordenada e desconfortável, dos quartos escuros.

    Konstantin Vassílievitch, que às vezes passava pelo quarto de Vánia, espiou pela porta.

— Está sozinho, Vánia?
— Estou, sim, tio Kóstia. Bom dia! O que foi?
— Nada. Está esperando o chá?
— Estou. A tia ainda não se levantou?
— Sim, mas não sai do quarto. Deve estar com raiva porque não tem dinheiro. Esse é o primeiro sinal: quando fica duas horas no quarto, significa que não tem dinheiro. E não sei pra quê, se mais cedo ou mais tarde vai ter que sair.
— Será que o tio Aleksei Vassílievitch ganha muito? O senhor não sabe?
— Depende. O que quer dizer "muito"? Quando o assunto é dinheiro, ninguém acha que tem muito.

Konstantin Vassílievitch suspirou e ficou em silêncio. Em silêncio também ficou Vánia, apenas olhando pela janela.

— O que eu quero perguntar a você, Ivánuchka – recomeçou Konstantin Vassílievitch –, é se você não teria algum dinheiro sobrando. Só até quarta-feira, na quarta mesmo devolvo.
— De onde é que eu vou tirar dinheiro? É claro que não.
— Quem sabe? Alguém podia ter dado...
— O que está dizendo, tio? Quem é que me daria dinheiro?

— Bom, quer dizer que a resposta é não?

— É não.

— Coisa chata!

— Quanto é que o senhor queria?

— Uns 5 rublos... pouco, muito pouco – disse Konstantin Vassílievitch, reanimando-se. — Será que não arruma algum, hein? Só até quarta?!

— Não tenho 5 rublos.

Konstantin Vassílievitch lançou para Vánia um olhar de decepção, mas que revelava certa malícia, e se calou. Vánia ficou mais aborrecido do que já estava.

— O que se pode fazer? E esta chuva que não passa... Já sei, Ivánuchka, peça dinheiro para mim a Larion Dmítrievitch.

— A Stroop?

— Sim. Peça, querido!

— Por que o senhor mesmo não pede?

— Ele não me daria.

— Por que não daria ao senhor, mas daria a mim?

— Ele vai dar, sim, pode acreditar. Por favor, meu querido, só não vá dizer que é para mim. Diga que é você quem está precisando de 20 rublos.

— Mas não eram só 5?!

— Que importância tem o quanto vai pedir? Por favor, Vánia!

— Bom, está bem. E se ele perguntar para que preciso?

— Não vai perguntar, é uma pessoa inteligente.

— Mas é o senhor quem vai devolver, olhe lá.

— Sem falta, sim, sem falta.

— E por que mesmo o senhor acha, tio, que Stroop me dará o dinheiro?

— Porque acho!

E, rindo envergonhado, mas satisfeito, Konstantin Vassílievitch saiu do quarto na ponta dos pés.

Vánia permaneceu por muito tempo junto à janela, sem se virar nem contemplar o pátio molhado. E quando o chamaram para o chá, antes de se dirigir à sala de jantar, observou de novo no espelho o seu rosto corado de olhos acinzentados e sobrancelhas finas.

* * *

Nas aulas de grego, Nikoláiev e Chpiliévski distraíam Vánia o tempo todo, remexendo-se e soltando risinhos na carteira da frente. As aulas iam ficando monótonas com a aproximação das férias. O professor, baixinho e envelhecido, já não fazia perguntas sobre a lição; sentado sobre uma das pernas, falava a esmo sobre a vida dos gregos. As janelas estavam abertas e se viam as copas das árvores que enverdeciam e o bloco vermelho de um edifício. Vánia queria cada vez mais sair de Petersburgo para respirar, em qualquer lugar distante. As maçanetas de cobre das portas e janelas, as cuspideiras brilhando de tão limpas, os mapas nas paredes, o quadro-negro, a caixa amarela para papéis e a visão da nuca dos colegas, ora raspada, ora de cabelos cacheados – tudo lhe parecia insuportável.

— Os sicofantas eram delatores, espiões, eram literalmente "os que mostravam os figos". Quando a exportação desse produto da Ática era penalizada com multa, essas pessoas, que chamaríamos hoje de chantagistas, aproveitando-se do medo da pena, mostravam em ameaça a suas vítimas um figo "suspeito" que traziam embaixo da capa, e se alguma delas não quisesse pagar por seu silêncio...

E Danil Ivánovitch, sem sair do estrado, mostrava com gestos e mímicas como eram os delatores, os caluniados, suas vítimas, a capa e o figo, depois saía do lugar e andava pela sala, como se estivesse muito preocupado, repetindo as mesmas palavras, algo como: "Os sicofantas... sim, os sicofantas... pois é, meus senhores, os sicofantas". E dava a essa palavra as mais variadas e inesperadas entonações.

"Hoje vou tentar pedir o dinheiro a Stroop", pensava Vánia, enquanto olhava pela janela. Chpiliévski, completamente vermelho, levantou-se da carteira:

— Nikoláiev está aqui me assediando!
— Nikoláiev! Por que não deixa Chpiliévski em paz?
— Não estou assediando.
— Então o quê?
— Estou fazendo cócegas.
— Sente-se. E recomendo que seja mais preciso no uso das palavras, meu caro Chpiliévski. Considerando que o senhor não é mulher, Nikoláiev não pode assediá-lo e, apesar de já ser um rapaz, tem um entendimento das coisas ainda bastante limitado.

* *
 *

— Eu coloco a questão da seguinte maneira: quem quer trabalhar, trabalha, e quem não quer, não trabalha – dizia Anna Nikoláievna, com uma cara tal que era como se o interesse de todo o mundo estivesse concentrado no tom que ela empregava para expor a questão.

Na sala de visitas, atulhada de móveis extravagantes com formas de semicúpios, poltronas de grande estilo e caixas para papel, reinava o alarido de quatro vozes femininas: a de Anna Nikoláievna, a de Nata e a das irmãs Speier, ambas pintoras.

— Eu adoro esse armário, mas esse banco não me convence. Sempre preferi o armário.

— Mesmo que esteja precisando de um móvel para se sentar?

— Os empregados estão sempre se queixando de que têm muito trabalho. Mas passeiam mais do que nós! Eu às vezes passo dias sem sair de casa, já a nossa Ánnuchka vive perambulando pelas lojinhas. E se é de pão ou de botas que ela vai atrás, pouco importa. Além disso, conhece um monte de gente. Acho que as queixas desses resmungões são muito exageradas.

— A maneira como ele posa é tão impressionante que as alunas têm medo de se sentar perto. É uma pessoa realmente fascinante! Um russo cigano de Munique, imagine! Estudou no liceu, fez balé, foi modelo... E as histórias que ele conta sobre Stuck[4] são ótimas.

— Isso com o *foulard* rosa vai chamar atenção demais. Eu escolheria um verde-claro.

— Sobre isso devíamos perguntar a Stroop.

— Mas Stroop partiu ontem, infelizes! – gritou a mais velha das Speier.

---

4   Franz von Stuck (1863-1928), pintor e escultor alemão.

— Como? Stroop se foi? Para onde? Por quê?
— Isso eu não posso lhe dizer. É segredo, como de costume.
— Quem lhe disse?
— Ele mesmo. Disse que ficaria fora umas três semanas.
— Ah, não é o fim do mundo!
— Ainda hoje Vánia Smúrov perguntou quando Stroop viria nos visitar.
— E o que ele quer com Stroop?
— Não sei, mas é algum assunto.
— De Vánia com Stroop? Que inusitado!
— Bom, vamos, Nata? Já está na hora – disse chilreando Anna Nikoláievna. E as damas se foram, ambas farfalhando as saias, convencidas de que eram muito parecidas com as damas da alta sociedade dos romances de Prévost[5] e Ohnet[6], que haviam lido em tradução.

* * *

---

5 Eugène Marcel Prévost (1862-1941), escritor e dramaturgo francês.

6 Georges Ohnet (1848-1918), escritor francês, autor da série *Les Batailles de la vie*, de grande sucesso.

Em abril começaram a falar da datcha. Aleksei Vassílievitch tinha de ir à cidade com frequência, quase todo dia. Koka e Boba também. Assim, os planos de Anna Nikoláievna e Nata de irem ao Volga ficaram suspensos. Estavam em dúvida entre Terióki e Sestroretsk, mas, muito mais que o lugar da datcha, o que preocupava a todos de verdade era a roupa de verão. Pelas janelas abertas entravam poeira e barulho de trânsito com sinos de bondes puxados por cavalos.

Vánia ia às vezes ao Jardim de Verão para ler ou fazer as lições. Sentado no caminho mais afastado, o que leva ao Campo de Marte, pôs um livro com a capa rosa amarelada das edições de Teubner[7] virada para cima e, parecendo mais crescido e pálido ao sol da primavera, observava os que passavam pelo jardim e ao longo do canal dos Cisnes. Do outro lado do jardim, na praça Krylov, um grupo de crianças brincava e ria alto, por isso Vánia não ouviu ranger a areia sob os pés de Stroop, quando este se aproximava.

---

7   A Biblioteca Teubneriana é uma importante coleção de obras gregas e latinas editadas a partir de 1849 pelo editor alemão Benediktus Teubner (1784-1856).

— Estudando? – perguntou Stroop, sentando-se no banco ao lado de Vánia, que pensava em reagir apenas com um aceno.

— Estou, sim. Mas confesso que já não aguento mais! É terrivelmente chato!

— E o que é? Homero?

— Sim, Homero. O grego é o mais terrível!

— Você não gosta de grego?

— E quem gosta? – Vánia sorriu.

— Isso é uma pena!

— O quê?

— Que você não goste de línguas.

— Das modernas eu gosto, sim, é sempre possível ler alguma coisa, mas grego, essas coisas antediluvianas, quem vai ler?

— Que criança, você, Vánia! O que você não conhece é este mundo inteiro e mais um sem-fim de outros. São mundos de beleza, e sem amá-los, até mais que conhecê-los, não se tem a base do saber.

— Mas, se temos as traduções, para que gastar tanto tempo com gramática?

Stroop olhou para Vánia com cara de profundo lamento.

— Em vez de uma pessoa de carne e osso, que ri, chora, a quem se pode amar, beijar, odiar, cujo sangue se vê correr pelas veias, e da graça natural de um corpo nu, o que se tem é qualquer coisa sem alma, quase sempre fabricada pelas mãos de um artesão. É o que são as traduções. E o tempo que necessita para estudar gramática não é muito. Só precisa ler, ler e ler. Se experimentar fazer isso, consultando cada palavra no dicionário, como se abrisse uma trilha na mata, saberá o prazer que é. E eu acho, Vánia, que você tem aptidões para se tornar um verdadeiro homem novo.

Vánia, contrariado, manteve-se calado.

— Ainda não tem as relações, é claro, mas isso pode ser até melhor, porque, livre dos preconceitos da vida tradicional, você pode se converter no perfeito homem moderno, se quiser – acrescentou Stroop depois de uma pausa.

— Eu não sei... O que eu queria era ir embora para longe de tudo isso: do liceu, de Homero, de Anna Nikoláievna... Isso, sim.

— Ir para o seio da natureza?

— Exatamente.

— Se viver no seio da natureza significasse comer mais, tomar leite, banhar-se e não fazer nada, seria muito fácil, é claro. Mas desfrutar da natureza, desculpe, é muito mais difícil do que aprender a gramática grega e, mesmo que fosse um prazer, cansaria, como todo prazer.

Eu não acredito numa pessoa que olha indiferente para a parte mais bela da natureza na cidade, o céu e a água, e depois vai buscar a natureza no Montblanc. Não acredito que alguém assim ame a natureza.

* * *

Tio Kóstia ofereceu a Vánia uma carona no coche. Naquela manhã quente já se sentia a proximidade do verão. As ruas estavam quase impraticáveis de tantos tapumes e barreiras. De pernas abertas, sentado pesadamente, tio Kóstia ocupava três quartos do coche.

— Tio Kóstia, espere um pouco, só vou saber se o padre chegou. Se não tiver chegado, vou com o senhor aonde for e de lá voltarei andando. Está bem? Será melhor do que ficar parado no liceu...

— E por que o padre não viria?

— Está doente já faz uma semana.

— Sei. Sendo assim, vá perguntar.

Depois de um minuto Vánia saiu e, dando a volta na carruagem, sentou-se do outro lado, junto a Konstantin Vassílievitch.

— Pelo jeito, Larion Dmítrievitch adivinhou nossos planos para ele, meu caro, pois partiu e parece que ainda não voltou – disse Konstantin Vassílievitch.

— Talvez já tenha voltado.

— Se tivesse, apareceria na casa de Anna Nikoláievna.

— Quem é ele, tio Kóstia?

— Ele quem?

— Larion Dmítrievitch.

— Stroop, e nada mais. É meio inglês, rico, não trabalha em parte alguma, vive bem, aliás, muito bem. É um homem de alto nível, muito culto, muito lido, tanto que não dá para entender por que frequenta os Kazánski.

— Ele não é casado, tio?

— Não, é mais o contrário disso. E Nata está terrivelmente enganada se pensa que ele vai se deixar seduzir por ela. Eu de fato não entendo o que ele tem a fazer na casa dos Kazánski. Ontem teve uma coisa engraçadíssima: Anna Nikoláievna enfrentou Aleksei numa verdadeira batalha!

Cruzaram a ponte sobre o canal Fontanka. Alguns homens arrastavam cestos de peixes tirados dos alçapões, os barcos lançavam nuvens de fumaça e uma multidão de ociosos assistia do parapeito de pedra. O sorveteiro empurrava ruidosamente seu carrinho azul.

— Você por acaso ouviu de alguém que Stroop chegou ou o viu por aí? – perguntou, ao despedir-se, tio Kóstia.

— Não. Onde é que o teria visto, se, como disse, ele não voltou? – respondeu Vánia, ruborizando-se.

— Você disse que não estava quente, mas veja só como está corado – disse Konstantin Vassílievitch, e sua figura corpulenta desapareceu pela porta de entrada.

"Por que omiti o encontro com Stroop?", matutava Vánia, alegrando-se de agora acalentar essa espécie de segredo.

* *
*

Na sala dos professores havia um forte cheiro de fumaça de tabaco. Os copos com chá ralo alambreavam-se na penumbra daquele cômodo do andar térreo. Quem entrasse teria a impressão de que as figuras se movimentavam num aquário. Impressão essa reforçada pela chuva torrencial que caía atrás das janelas opacas. O ruído das vozes e o tilintar das colheres se misturavam ao rumor surdo da hora do intervalo, que chegava da sala e, às vezes, de ainda mais perto, do corredor.

— Os alunos do sexto ano estão importunando Orlov de novo. Ele não sabe mesmo se defender.

— Suponhamos que o reprove, dando-lhe uma nota baixa, acha que isso o faria se endireitar?

— Mas não se trata de método corretivo, o que pretendo é avaliar com justiça os conhecimentos.

— Nossos estudantes ficariam horrorizados se vissem o programa dos colégios franceses, para não falar dos seminários.

— Ivan Petróvitch dificilmente vai ficar satisfeito com isso.

— Incomparável, estou dizendo a você! Incomparável! Ele ontem cantou com uma voz maravilhosa!

— Você também foi corajoso, apostar uma carta baixa de paus quando tudo o que tem é um rei, um valete e outras duas cartas baixas.

— Chpiliévski é um rapazinho depravado, não entendo por que o defende assim.

A voz aguda de tenor do inspetor, um tcheco de pincenê e cavanhaque grisalho, encobriu todas as demais.

— Vou pedir aos senhores que depois tomem conta dos postigos. Nunca acima de 14 graus! Atentos à ventilação!

Aos poucos foram todos se dispersando, e na sala de aula vazia se ouvia somente a tranquila voz de baixo do professor de língua russa, que proseava com o de grego.

— Lá, aparecem uns tipos incríveis. No verão, quando estavam para ingressar, propuseram ler alguma obra, algo de tamanho razoável, como *O demônio*[8], por exemplo, e o resumem assim *ex abrupto*:

"O diabo sobrevoava a terra, quando avistou uma moça.

"E como se chamava a moça?

"Liza.

"Digamos que Tamara seja melhor.

"Perfeito! Tamara.

"Mas e depois?

"Ele quis se casar com ela, mas o noivo da moça impediu... Depois os tártaros o mataram.

"O demônio, então, acaba se casando com Tamara?

"De jeito nenhum. Um anjo cruzou seu caminho, impedindo-o também. O diabo assim ficou solteiro e encheu-se de ódio contra tudo."

— Para mim está magnífico...

— Ou esta descrição de Rúdin[9]:

"Era um homem imprestável, que falava muito e não fazia nada, depois se mete com uma gente fútil e o matam.

---

8 Poema narrativo de Mikhail Liérmontov (1814-1841), escrito entre 1829 e 1839.
9 Protagonista do romance homônimo de Ivan S. Turguêniev (1818-1883), escrito em 1856.

"Por que, eu lhe pergunto, considera gente fútil os trabalhadores e todos os participantes do movimento popular em que Rúdin morreu?

"Tem razão", atina, "ele morreu pela verdade."

— Você procurou em vão obter a opinião pessoal desse jovem sobre o que fora lido. O serviço militar, assim como a vida monástica e quase todas as doutrinas produzidas exercem enorme sedução ao proporcionar explicações prontas e inquestionáveis a todo tipo de fenômeno e entendimento. Aos pusilânimes, isso é um grande amparo, porque a vida se torna extraordinariamente fácil quando privada de esforço ético.

Vánia esperava Danil Ivánovitch no corredor.

— Em que posso ajudá-lo, Smúrov?

— Queria falar com o senhor em particular, Danil Ivánovitch.

— E a respeito de quê?

— A respeito do grego.

— Não está indo tudo bem?

— Sim, estou um pouco acima da média.

— Então, o que deseja?

— Só queria falar com o senhor sobre a língua grega em geral... E se me permitir, Danil Ivánovitch, gostaria de visitá-lo em sua casa.

— Sim, mas é claro! Por favor! Meu endereço você

conhece. É realmente excepcional que um aluno esteja aprovado e, ainda assim, queira conversar em particular sobre o grego. Por favor! Vivo só. Das sete às onze, estou à sua disposição.

Danil Ivánovitch já havia começado a subir por aquela escada acarpetada, mas, detendo-se, gritou para Vánia:

— Smúrov, não fique imaginando coisas. Depois das onze ainda estarei em casa, mas me deito para dormir e, então, só poderia dar explicações sobre os assuntos mais privados, coisas que certamente não interessam a você.

* * *

Vánia encontrou Stroop no Jardim de Verão mais de uma vez e, mesmo sem se dar conta, o esperava, sentado na aleia de sempre. Quando não aguentava esperar, saía com seu passo ligeiro, embora às vezes o desacelerasse de propósito, e, enquanto caminhava, escrutava com o olhar as silhuetas masculinas que se pareciam com a de Stroop. Numa dessas vezes em que não o encontrou, foi dar uma volta por uma parte do jardim em que nunca havia estado e encontrou Koka, que ia de sobretudo aberto sobre a jaqueta.

— Vejam só! Você aqui, Ivan? Que anda fazendo... passeando?

— É, eu venho bastante aqui... por quê?

— Como é então que nunca te vi? Costuma ficar num dos bancos lá do outro lado?

— Nem sempre, depende...

— Com Stroop me encontro todos os dias. E suspeito que venhamos aqui em busca da mesma coisa.

— Ah, então Stroop já está de volta?

— Há algum tempo. Nata e todos os outros já sabem. E por mais que Nata seja uma imbecil, é uma coisa muito feia isso de ele não aparecer lá em casa, como se fôssemos uma coisa imunda.

— O que Nata tem a ver com isso?

— Ela vive atrás de Stroop, o que é absolutamente em vão. Ele não vai se casar com ninguém, muito menos com ela. Com Ida Holberg, pelo que sei, ele só tem conversas sobre estética, eu é que estou me preocupando à toa.

— Ora, e por que se preocupa?

— É normal, já que estou apaixonado! - E, esquecendo que falava com Vánia, que não sabia nada de seus assuntos, Koka se animou: — Ela é uma moça maravilhosa! É culta, musicista, belíssima e muito rica! É verdade que é manca, mas é seu único defeito. Por isso venho para cá todos os dias para vê-la, ela passeia aqui entre três e quatro, e receio que Stroop venha também pelo mesmo motivo.

— Será que Stroop também está apaixonado por ela?

— Stroop? Bom, com ele é preciso cautela, não sei, ele é um bicho raro! Com Ida ele não faz mais do que falar, e ela por pouco não beija os pés dele. Os amores de Stroop são outra coisa, uma coisa completamente diferente.

— Você está irritado, Koka, é só isso...

— Tolice!

Eles mal tinham contornado um canteiro de gerânios, quando Koka exclamou: "Olhe lá, são eles!". Vânia viu uma moça de rosto arredondado e pálido com cabelos muito claros e olhos do mesmo desenho dos grandes olhos grises de Afrodite, mas que agora se azulavam de emoção. Sua boca era como as dos quadros de Botticelli. De roupa escura, ela caminhava, coxeando, apoiada no braço de uma dama de certa idade, enquanto Stroop, de seu outro lado, dizia: "E os homens viram que toda beleza e todo amor provinham dos deuses. Assim tornaram-se livres, perderam o medo e lhes cresceram asas".

* *

Koka e Boba afinal conseguiram um camarote para ver *Sansão e Dalila*. Mas a primeira apresentação foi substituída por *Carmen*, e Nata, que havia insistido nessa saída na esperança de encontrar-se com Stroop em campo neutro, ficou soltando faíscas por saber que ele não iria, sem razão especial alguma, a essa famosíssima ópera. Seu lugar no camarote ela cedeu a Vánia sob a condição de que, caso ela chegasse ao teatro no meio do espetáculo, ele voltaria para casa. Anna Nikoláievna, com as irmãs Speier e Aleksei Vassílievitch, foi de coche fretado, já os jovens partiram a pé, pouco antes.

Carmen e suas amigas já dançavam na taberna de Lillas Pastia quando Nata, tendo sabido, como por intuição, que Stroop estava no teatro, lá apareceu, toda de azul, empoada e claramente agitada.

— Vamos, Ivan, vai ter que ir antes.

— Vou ficar até o final deste ato.

— Stroop está aqui? - perguntou Nata aos sussurros, tomando assento ao lado de Anna Nikoláievna. Esta dirigiu em silêncio o olhar para o camarote em que estavam Ida Holberg, a dama que tinha certa idade, um oficial dos mais jovens e Stroop.

— Foi pressentimento! Puro pressentimento! - dizia Nata, abrindo e fechando o leque.

— Pobrezinha! - suspirou Anna Nikoláievna.

No entreato, Vánia se preparava para ir, mas Nata o deteve e o chamou para dar uma volta pelo *foyer*.

— Nata! Nata! – ressoou a voz de Anna Nikoláievna do fundo do camarote. — Será que é apropriado fazer isso?

Nata se lançou com ímpeto escada abaixo, arrastando Vánia consigo. À entrada do *foyer*, parou diante de um espelho para arrumar os cabelos, depois entrou vagarosamente no saguão, ainda não apinhado de pessoas do público. Logo avistaram Stroop, que caminhava enquanto conversava com o jovem oficial que estava com ele no mesmo camarote, e, sem notar a presença de Smúrov e Nata, passou no mesmo instante a uma sala contígua, onde, atrás de uma mesa com fotografias, entediava-se uma vendedora de cabelos frisados.

— O calor aqui está sufocante! Vamos! – disse Nata, e saiu puxando Vánia atrás de Stroop.

— Por essa porta chegamos mais rápido aos nossos assentos.

— Ah, tanto faz! – gritou a moça, que corria quase empurrando as pessoas.

Stroop os viu e inclinou-se sobre as fotografias. Ao chegar perto dele, Vánia o chamou: "Larion Dmítrievitch!".

— Ah, Vánia? – voltou-se ele. — Natália Alekséievna, me perdoe, eu não a tinha visto.

— Não esperava encontrá-lo aqui – disse Nata.

— Por quê? Eu gosto muito de *Carmen*, nunca me canso de vê-la. A pulsação vital que há nela é incrivelmente profunda e autêntica, e tudo nela é banhado de sol. Posso compreender o entusiasmo de Nietzsche por essa música.

Nata ouvia em silêncio, e seus olhos alaranjados o observavam com alegria maliciosa. Depois disse:

— Não me surpreende encontrá-lo no teatro, vendo *Carmen*, mas, sim, vê-lo em Petersburgo, já que não nos fez nenhuma visita.

— Sim, eu voltei há umas duas semanas.

— Quanta gentileza!

Eles começaram a andar por um largo corredor vazio, passando ao lado de criados sonolentos, e Vánia, de pé junto à escada, olhava com interesse o rosto de Nata, que ia se avermelhando à medida que ela falava, e a fisionomia aborrecida de seu cavalheiro. Encerrado o entreato, quando Vánia estava já subindo as escadas para o camarote, a fim de se agasalhar para ir embora, de repente Nata o alcançou, vindo quase correndo, com um lenço tapando a boca.

— É uma infâmia! Está ouvindo, Vánia? É uma infâmia o jeito como esse homem fala comigo! – ela cochichou a Vánia, e subiu as escadas correndo.

Vánia queria se despedir de Stroop e, detendo-se por um tempo na escada, desceu ao piso inferior. Ali, encontrou Stroop, à entrada de seu camarote, acompanhado do oficial.

— Adeus, Larion Dmítrievitch – disse-lhe Vánia, fazendo de conta que apenas passava, indo ao seu próprio camarote, no piso acima.

— Está indo embora?

— Sim, eu estava no lugar de Nata. Ela chegou e eu fiquei sobrando.

— Mas que absurdo! Venha conosco ao nosso camarote, temos lugar livre. O último ato é um dos melhores.

— Não há nenhum problema em ir ao seu camarote sem que me conheçam?

— Claro que não! Os Holberg não são de fazer cerimônia, e você, Vánia, ainda é um menino.

Já no camarote, Stroop se dirigia a Vánia, que o ouvia sem olhar para ele.

— E depois, Vánia, eu talvez não vá mais frequentar os Kazánski. Assim, se não for inconveniente a você, ficarei sempre muito feliz em recebê-lo. Você pode dizer que está praticando inglês comigo. E acho que não vão perguntar aonde vai nem o que anda fazendo. Por favor, Vánia, venha me visitar.

— Está bem. Por acaso estavam brigando, você e Nata? Não vai se casar com ela? – perguntou Vánia, ainda olhando para a frente.

— Não – disse Stroop com seriedade.

— Na verdade é muito bom que você não se case com ela, sabe, porque Nata é completamente repulsiva! Um sapo perfeito! – disse Vánia, e desatou a rir, virando o rosto para Stroop e, sem razão aparente, agarrando sua mão.

* * *

— É interessante comprovar que vemos o que desejamos ver e acabamos por encontrar o que buscamos. Como os romanos e outros latinos do século XVII notaram somente as três unidades nos trágicos gregos, como o século XVIII se fez de diatribes retumbantes e ideais de liberdade, como os românticos escolheram os feitos do mais elevado heroísmo e como nosso século observa fortes traços de primitivismo e os horizontes distantes de Klinger[10]...

---

10 Max Klinger (1857-1920), pintor, escultor e gravurista alemão.

Vánia ouvia, enquanto examinava a sala ainda banhada pelo sol da tarde. As paredes eram cobertas de estantes com livros não encadernados, havia livros também nas mesas e cadeiras, uma gaiola com um melro, um gato aleijado num sofá de couro e, solitário num canto, um pequeno busto de Antínoo[11], como um deus protetor daquela casa. Danil Ivánovitch, calçando sapatilhas de feltro, cuidava do chá e, naquele instante, retirava queijo e manteiga, embrulhada em papel, do forno de ferro. O gato, sem mover a cabeça, acompanhava com seus olhos verdes os movimentos do dono. "De onde tiramos que ele é velho, quando é na verdade bastante jovem?", pensou Vánia, contemplando admirado a cabeça calva do pequeno grego.

— No século XV já estava solidamente estabelecida entre os italianos a ideia de que a amizade entre Aquiles e Pátroclo e entre Orestes e Pílades era um amor sodomita, embora não se tenham indicações diretas disso em Homero.

— Será que isso foi invenção dos italianos?

---

11 Antínoo (110-130), jovem grego, talvez cortesão, amante do imperador Adriano.

— Não, eles tinham razão. É que não importa qual seja o amor, o que o torna perverso são as atitudes cínicas para com ele. Ajo de forma moral ou imoral quando espirro, limpo o pó da mesa ou acaricio o gato? Essas mesmas ações, aliás, podem ser criminosas, se, por exemplo, com um espirro aponto a um assassino o momento propício para o assassinato, e assim por diante. Quem comete um assassinato a sangue-frio, sem animosidade, priva esse ato de qualquer significado ético, e, assim, tudo se reduz a um vínculo místico entre assassino e vítima, entre amantes, entre mãe e filho.

Escurecera por completo, pelas janelas se viam apenas os telhados das casas e, ao longe, a catedral de Santo Isaac sob um céu vermelho-claro enodoado, encoberto de fumaça. Vánia começou a se preparar para ir embora. O gato saiu manquejando com as patas dianteiras quando retirado de cima do boné de Vánia, sobre o qual dormia.

— Vê-se que o senhor é boa pessoa, Danil Ivánovitch, alguém que ampara mutilados de toda sorte.

— É uma criatura muito agradável, gosto muito dele e de tê-lo em casa. Se ser bom significa fazer algo que proporcione bem-estar, então é o que sou. Agora, Smúrov, me diga uma coisa – disse Danil Ivánovitch ao estreitar a mão de Vánia em despedida –, foi por vontade própria que resolveu vir à minha casa para falar sobre a Grécia?

— Sim... quer dizer, talvez outra pessoa tenha me inspirado a ideia.

— Quem? Se não for segredo...

— Não, por que seria? É que não o conhece.

— Talvez conheça.

— Chama-se Stroop.

— Larion Dmítrievitch?

— Então o conhece?

— E muito bem – respondeu o grego, que, naquele instante, iluminava a escada para Vánia com uma lâmpada.

**

Na cabine fechada daquele vapor finlandês não havia ninguém, mas Nata, temendo correntes de ar e resfriados, levou toda a sua gente precisamente para lá.

— Não existe uma datcha, nem uma sequer! – disse, cansada, Anna Nikoláievna. — É tudo uma porcaria, tudo deteriorado, o vento passando pelos buracos!

— Nas datchas sempre venta... O que esperava? Já devia ter feito as pazes com essas coisas.

— Aceita? – disse Koka, estendendo a Boba sua

cigarreira de prata aberta com a figura de uma mulher nua.

— Não é pelo mau estado que as datchas são horríveis, é pela sensação de vida improvisada, pela indefinição de tudo, porque na cidade você sempre sabe o que se deve fazer a cada momento, e não se vive assim, como se estivesse num acampamento.

— E se tivesse que viver sempre, verão e inverno, numa datcha?

— Então não seria uma desordem, eu estabeleceria uma rotina.

— Isso é verdade – secundou Anna Nikoláievna. — Para viver só por um tempo, não se quer organizar as coisas. No penúltimo verão, por exemplo, revestimos as paredes com papel e elas ficaram como novas, mas no fim tivemos que dar isso de presente ao dono da datcha... É claro que não arrancaríamos o papel, não é?

— Do que se lamenta? De não o ter emporcalhado?

Com uma careta no rosto, Nata olhava pelo vidro as janelas dos palácios incendiadas pelo pôr do sol e contemplava o rosa dourado das ondas distantes que suavemente se espalhavam.

— E depois, todos sabem tudo sobre os outros, o que se come, quanto pagam aos empregados...

— Um horror!

— Então, por que está indo?

— Como por quê? Que alternativa eu teria? Ficar na cidade, é?

— Por que não? Lá, pelo menos se pode caminhar pela sombra quando estiver fazendo sol.

— Tio Kóstia e suas ideias brilhantes.

— Mamãe – virou-se de repente Nata –, meu amor, vamos ao Volga. Lá tem cidades pequenas, como Plios ou Vassilsursk, onde se pode viver gastando muito pouco. Varvara Nikoláievna Speier me contou... Elas viveram em Plios com os empregados e todo mundo... Levitan[12] também viveu por lá, sabia? Ah, moraram em Úglitch também.

— Ouvi dizer que foram tocadas para fora de Úglitch – comentou Koka.

— E daí que as puseram para fora? A nós não expulsarão! O que houve com elas é que o dono lhes disse: "Vocês trouxeram muita gente, são tantas senhoritas, tantos cavalheiros, e nossa cidade é tranquila, é raro vir gente de fora, pois é, então a gente tem medo. Assim, me perdoem, mas peço que desocupem a casa".

---

[12] Isaac I. Levitan (1861-1900), pintor russo.

Aproximavam-se do Jardim de Aleksandr e viam do outro lado das janelas inferiores do edifício do cais uma cozinha fortemente iluminada, um ajudante todo de branco limpando peixes e um fogão flamejante ao fundo.

— Tia, daqui vou à casa de Larion Dmítrievitch – disse Vánia.

— Pois vá. Esse aí arranjou um amigo! – disse Anna Nikoláievna, murmurando as últimas palavras.

— Ele por acaso é má pessoa?

— Não é isso... Se é má pessoa não sei, mas bom amigo não é.

— Estou praticando inglês com ele.

— Perda de tempo! Aprenderia mais se fizesse as lições...

— Não, tia... Mas não importa, sabe, vou de todo modo.

— Ora, vá. Quem o impede?

— Cubra de beijos o seu Stroop – acrescentou Nata.

— É isso mesmo. É o que eu vou fazer, e ninguém tem nada a ver com isso.

— Bom, suponhamos... – começou Boba, mas Vánia o interrompeu, avançando sobre Nata.

— Você, sim, gostaria de cobri-lo de beijos, mas ele mesmo não quer! E não quer porque você é um sapo ruivo! Porque é uma idiota! É o que você é!

48

— Já chega, Ivan! – ressoou a voz de Aleksei Vassílievitch.

— Por que elas se voltaram contra mim? Por que não me deixam em paz? Eu por acaso sou criança? Amanhã mesmo vou escrever ao tio Kólia!...

— Já chega, Ivan! – exclamou Aleksei Vassílievitch, dessa vez ainda mais alto.

— Ora, um moleque que mal deixou as fraldas com esse atrevimento todo! – disse, alvoroçada, Anna Nikoláievna.

— E com você Stroop nunca se casará! Nunca! Nunca! – disparava Vánia, fora de si.

Nata então se acalmou e, tranquila quase de todo, perguntou em voz baixa:

— E com Ida Holberg, ele se casará?

— Não sei – respondeu Vánia, já tranquilo, também em voz baixa. — Acho muito difícil – acrescentou ele, quase com doçura.

— Agora começaram uma conversa, olhem só! – gritou Anna Nikoláievna. — Está mesmo acreditando nesse moleque?

— E por que não pode ser verdade? – resmungou Nata, voltando-se para a janela.

— Você, Ivan, não pense que elas são tão idiotas quanto querem aparentar – Boba tranquilizava e persuadia Vánia. — Estão felicíssimas de ainda terem, através de você, alguma ligação com Stroop e notícias esporádicas de Ida Holberg. Mas, se realmente simpatiza com Larion Dmítrievitch, então tenha cuidado, contenha-se para não dar mostras.

— Do que estou dando mostras? – surpreendeu-se Vánia.

— Meus conselhos já puderam ser úteis? Que rápido! – Boba riu e saiu caminhando para o cais.

* * *

Ao entrar na casa de Stroop, Vánia ouviu uma voz acompanhada de um piano. Sem atrever-se a entrar no salão de visitas, passou ao gabinete à direita da antessala e ali permaneceu, apenas ouvindo. Uma voz masculina que ele desconhecia cantava:

> A penumbra da noite sobre o cálido mar,
> O lume dos faróis na escuridão do céu,
> O odor da verbena ao fim do banquete,
> O frescor da manhã após longas vigílias,
> O passeio pelas aleias do jardim na primavera,
> Os gritos e risos das mulheres ao banharem-se,
> Os pavões sagrados no templo de Juno,

Os vendedores de violetas, romãs e limões,
Os pombos arrulham e o sol intenso brilha...
Quando te verei de novo, querida cidade minha?

E os acordes graves do piano envolviam como uma névoa espessa as melancólicas frases daquela voz. Entabulou-se uma conversação entrecortada de vozes masculinas e Vánia entrou no salão. Agradou-lhe tanto aquele cômodo espaçoso, esverdeado, inundado pelos sons de Rameau[13] e Debussy[14] e aqueles amigos de Stroop, tão diferentes das pessoas que frequentavam a casa dos Kazánski. Aquelas discussões, aqueles jantares tardios de homens amantes do vinho e da conversa leve. Aquele escritório com livros até o teto, onde liam Marlowe[15] e Swinburne[16]. Aquele quarto de dormir com lavabo, onde faunos em tom vermelho-escuro dançavam formando uma guirlanda sobre o fundo verde vivo. Aquela sala de jantar toda de cobre vermelho.

---

13 Jean-Philippe Rameau (1683-1764), compositor barroco francês.
14 Claude Debussy (1862-1918), compositor francês.
15 Christopher Marlowe (1564-1593), poeta e dramaturgo inglês.
16 Algernon Charles Swinburne (1837-1909), poeta, romancista e dramaturgo inglês.

Aquelas histórias sobre a Itália, o Egito, a Índia. Aquele entusiasmo por toda beleza vigorosa e lancinante de todos os países e todos os tempos. Aqueles passeios pelas ilhas. Aqueles debates desconcertantes, mas atraentes. Aquele sorriso num rosto não agraciado. Aquele perfume Peau d'Espagne[17] com seu aroma decadente. Aqueles dedos delgados e fortes, cobertos de anéis. Aqueles sapatos de solas extraordinariamente grossas... Como ele amava tudo aquilo... era algo pelo que, mesmo sem compreender, sentia-se confusa e fortemente atraído.

— Somos helenos: é estranho a nós o intolerante monoteísmo dos judeus, seu rechaço às belas-artes e, ao mesmo tempo, sua inclinação pela carne, pela descendência, pelas sementes. Não se encontra indicação alguma de crença na suprema felicidade após a morte em toda a Bíblia, e a única recompensa mencionada nos mandamentos (e justamente pelo respeito a quem nos deu a vida) é a de que "viverás longos anos sobre a terra". Um casamento estéril é uma mancha e uma maldição,

---

[17] Perfume masculino criado em 1801, composto de essência de flores e óleos de especiarias, popularizou-se como uma colônia que reproduzia o cheiro da pele feminina. Também empregado na cozinha para aromatizar pratos, é ainda hoje comercializado.

falta privativa, inclusive, do direito de participar do ofício divino. Pelo visto, esqueceram que é também da tradição judaica o entendimento de que a procriação e o trabalho são a punição por um pecado e não a finalidade da vida. E quanto mais distantes as pessoas estiverem do pecado, mais distantes estarão da procriação e do trabalho físico. Os cristãos entendem mais ou menos assim, quando afirmam que a mulher deve se purificar com orações depois do parto, mas não depois do casamento, enquanto o homem não está submetido a nada semelhante. O amor não tem outro propósito para além de si mesmo. A natureza também é despojada de toda ideia de finalidade. Suas leis pertencem a uma classe inteiramente distinta daquela a que pertencem as assim chamadas leis de Deus e leis dos homens. A lei da natureza não se reduz a que uma árvore deva dar seu fruto, mas que sob determinadas condições ela o dará e sob outras não o dará, e que não dando frutos morrerá da mesma maneira justa e simples, como se tivesse dado. O coração penetrado por um punhal pode parar de bater, e nisso não há finalidade alguma, nem bem nem mal. Só poderá burlar uma lei da natureza quem for capaz de oscular os próprios olhos sem tirá-los das órbitas ou de ver a própria nuca sem um espelho. E, quando lhe disserem que uma coisa é "antinatural", apenas olhe para o cego que o disse e passe ao largo para não se igualar a esses pardais que saem voando assustados por espantalhos em plantações. As pessoas andam como cegas, como mortas, quando podiam criar para si uma vida flamejante, em que todos os prazeres fossem tão intensos que seria como estar para morrer tendo acabado de nascer. É com uma voracidade exatamente assim que devemos nos apropriar de tudo. Os milagres nos rodeiam a cada passo: é impossível contemplar os músculos e tendões do corpo humano sem estremecer! E os que vinculam a noção de beleza à beleza de uma mulher para um homem só dão mostras de luxúria vulgar e estão muito, muitíssimo distantes da verdadeira ideia de beleza. Somos helenos, amantes do belo, bacantes da vida futura. Como as visões de Tannhäuser[18] na gruta de Vênus, como a clarividência de Klinger e Thoma[19], existe uma pátria primordial inundada de sol e liberdade, com pessoas belas e valentes. E para lá,

---

18 Protagonista da ópera a que dá nome, do compositor alemão Richard Wagner (1813-1883). Tannhäuser, um trovador, é acolhido por Vênus em sua gruta, onde intensos prazeres lhe são proporcionados, mas ele, enfastiando-se, pede à deusa que o faça regressar ao mundo humano.

19 Hans Thoma (1839-1924), pintor alemão.

através do mar, da bruma e das trevas, vamos nós, os argonautas! E na mais insólita novidade reconheceremos nossas raízes mais antigas, e nos resplendores nunca vistos reconheceremos nossa pátria!

* * *

— Vánia, por favor, vá até a sala de jantar e veja que horas são – pediu Ida Holberg, pousando nos joelhos um bordado colorido.

Aquela sala grande da casa nova, que se assemelhava a um camarote iluminado no convés de um navio, era escassamente decorada, com nada além de alguns móveis simples. Uma grande cortina amarela cobria de uma só vez as três janelas da mesma parede, e sobre baús de couro, malas por arrumar, cravejadas de pregos de cobre, e uma caixa com jacintos tardios, caía uma inquietante luz amarela. Vánia deixou o Dante que estava lendo em voz alta e foi para a sala ao lado.

— São cinco e meia – disse ele, ao voltar. — Larion Dmítrievitch está demorando muito – observou como se respondesse aos pensamentos da moça. — Não vamos mais estudar?

— Não vale a pena, Vánia, começar uma nova canção. Então,

... e vidi che con riso
Udito avean l'ultimo costrutto;
Poi a la bella donna torna' il viso.

"... e vi que com um sorriso ouviram meu último raciocínio; depois voltei o rosto para a bela dama."

— A bela dama é a contemplação de uma vida ativa?

— Não devemos acreditar cegamente nos comentadores, Vánia. Na verdade, em pouca coisa além das informações históricas. Entenda de maneira pura e simples, e nada além disso, senão, em vez de Dante, teremos algo parecido com matemática.

Ela dobrou seu trabalho, deixou-o de lado e ficou sentada, como se esperasse alguma coisa, enquanto dava batidinhas no braço da cadeira com o abridor de cartas.

— Larion Dmítrievitch deve chegar daqui a pouco – disse Vánia, quase com ar protetor, de novo adivinhando os pensamentos da moça.

— Você o viu ontem?

— Não, nem ontem nem anteontem. Sei que ontem pela manhã ele foi a Tsárskoie[20] e à tarde esteve no clube,

---

20 Tsárskoie seló, literalmente "a aldeia do tsar", atualmente chamada Púchkin, é uma cidade próxima de São Petersburgo.

já anteontem foi para alguma parte de Víborgski[21], não sei exatamente onde – acrescentou Vánia, com ar respeitoso e certo orgulho.

— Foi à casa de quem?

— Não sei. Foi tratar de algum assunto por lá.

— Você não sabe?

— Não.

— Escute, Vánia – Ida Holberg então falava olhando para o abridor de cartas –, não é só por mim que peço, mas por você, por Larion Dmítrievitch, por todos nós, descubra que endereço é este. É muito importante, muito importante para nós três – ao dizer isso, ela estendeu a Vánia um pedaço de papel em que estava escrito com a letra miúda e angulosa de Stroop: "Fiódor Vassílievitch Solovióv. Rua Simbírskaia 36, ap. 103. Víborgski".

* *
*

A ninguém surpreendeu que Stroop, entre outras paixões, tivesse começado a ocupar-se também da antiguidade russa. Que passasse a receber em casa homens elo-

---

21 Bairro de São Petersburgo, na margem direita do rio Nievá.

quentes em trajes alemães ou anciãos devotos em cafetãs compridos e largos, todos ao mesmo tempo negociantes espertos, vendedores de manuscritos, ícones, tecidos antigos e peças fundidas falsas. Que tivesse começado a se interessar por canções medievais, a ler Smoliénski, Razumóvski e Metállov[22], ir às vezes ouvir o coro na catedral de São Nicolau e, finalmente, sob as orientações de um cantor de rosto picado de bexigas, aprender a antiga notação musical russa. "Eu desconhecia por completo a existência desse recanto do mundo espiritual", repetia Stroop com a intenção de contagiar com essa paixão também Vánia, que, para sua surpresa, sucumbiu ao mesmo entusiasmo.

Uma vez, durante o chá, disse com ênfase Stroop:
— Você precisa conhecê-lo sem falta, Vánia. É um autêntico velho crente[23] da região do Volga, como os de

---

22 Stepán V. Smoliénski (1848-1909), Dmítri V. Razumóvski (1818-1889) e Vassíli M. Metállov (1862-1926), historiadores da música sacra da antiga Rússia, mestres do canto litúrgico. Os dois últimos eram também sacerdotes.

23 Os velhos crentes surgiram como oposição à reforma religiosa do patriarca Nikon durante a década de 1760. Partidários da antiga liturgia ortodoxa e conservadores de moral austera, contam ainda hoje com comunidades na Europa e nas Américas.

antigamente. Imagine só, tem 18 anos e veste túnica, não bebe chá, as irmãs vivem num mosteiro e ele vive às margens do Volga, numa casa com cães de guarda, rodeada por uma cerca alta, e lá costumam se recolher para dormir às nove – algo parecido com as histórias de Petchérski[24], só que menos edulcorado. Precisa conhecê-lo sem falta. Vamos amanhã à casa de Zassádin, ele tem um ícone da Ascensão de Cristo muito interessante, e lá estará o nosso homem. Faço questão de apresentá-los. Aliás, anote o endereço, por via das dúvidas. É que eu talvez vá direto de uma exposição e você tenha que procurar o lugar sozinho. – Stroop, sem consultar o bloco de anotações, como quem conhecia muito bem o endereço, ditou: — Rua Simbírskaia 36, ap. 103. Quartos mobiliados. Pergunte lá.

*
**

Atrás da parede, ouvia-se o som abafado de duas vozes conversando. Um relógio de parede com pesos emitia

---

[24] Andrei Petchérski, pseudônimo de Pável I. Mélnikov (1818-1883), escritor russo que, em romances como *Nos bosques*, recria com nostalgia a vida dos velhos crentes.

um suave tique-taque. Pelas mesas, cadeiras e peitoris das janelas empilhavam-se e amontoavam-se ícones escuros e livros encadernados com placas de madeira forradas de couro. Estava empoeirado e cheirava a mofo, e do corredor, atravessando uma porta por um postigo, chegava um ranço de sopa de repolho azedo. Zassádin, diante de Vánia, vestia o cafetã enquanto lhe dizia:

— Larion Dmítrievitch não chegará antes de quarenta minutos, talvez nem mesmo antes de uma hora. Tenho que sair para pegar o ícone, agora não sei como fazer. O senhor prefere esperar aqui ou sair para dar uma volta?

— Vou ficar aqui.

— Bem, eu não me demoro. Enquanto isso, aqui tem alguns livros que podem interessar ao senhor. – E Zassádin, depois de passar às mãos de Vánia um *Leimonarion*[25] empoeirado, rapidamente desapareceu pela porta de onde chegava o ranço, então ainda mais azedo, de sopa de repolho.

E Vánia, de pé junto à janela, abriu o livro num relato que contava como certo eremita, depois de receber

---

25 Ou *Leimon*, hagiografia do século VII, escrita principalmente pelos monges bizantinos João Mosco e Sofrônio de Jerusalém. A primeira tradução para o eslavo antigo é de 1628.

casualmente a visita de uma mulher que vivia sozinha no mesmo deserto, se viu imerso em pensamentos lascivos sobre essa mulher e, incapaz de reprimir-se, tomado por um calor infernal, passou a mão no cajado e partiu, como cego, cambaleando de luxúria para o lugar onde pensava que a encontraria. E como, extasiado, viu que a terra se abria e nela descansavam três cadáveres putrefatos: uma mulher, um homem e uma criança. Então soou uma voz: "Aqui estão uma mulher, um homem e uma criança. Quem é capaz de reconhecê-los agora? Vá e consuma sua luxúria". Tudo é igual, tudo é igual perante a morte, o amor e a beleza, todos os corpos são igualmente belos, e só a luxúria força o homem a perseguir a mulher e a mulher a desejar o homem.

Do outro lado da parede, a jovem voz rouca dizia:

— Vou embora, tio Iermolai. Você me repreende o tempo todo.

— E como é que não vou repreender, seu folgado? Você só pensa em fazer maldades!

— Vaska[26] deve ter mentido para você. Por que o escuta?

---

26 Hipocorístico de Vassíli, assim como Vássia, que aparecerá adiante.

— E por que Vaska mentiria? Vamos, negue agora, me diga você mesmo, diga que não aprontou nenhuma.

— É claro, por quê? E Vaska não apronta nada? Quase todos nós aprontamos, menos Dmítri Pávlovitch, talvez.

Ouviu-se então que a pessoa que falava agora ria. Depois de um silêncio, prosseguiu num tom mais íntimo, a meia-voz:

— Foi o próprio Vaska que me ensinou. Uma vez se aproximou um jovem senhor e disse a Dmítri Pávlovitch: "Desejo ser banhado pelo menino que me abriu a porta". E havia sido eu. E, como Dmítri Pávlovitch sabia que esse senhor era um atentado e que antes era sempre Vassíli que se ocupava dele, lhe disse: "É de todo impossível, meu senhor, que o menino faça isso sozinho. Ele não trabalha aqui habitualmente e não sabe nada desse ofício". "Ah, pro inferno, pois que venham os dois, Vassíli com o outro!" "E quanto é que nos oferece?", quis saber Vaska, que acabara de entrar. "Dez rublos mais a cerveja." E lá temos um regulamento, quem passa a cortina na frente da porta vai fazer alguma travessura, e nesse caso não se pode dar menos de 5 rublos ao chefe, por isso Vassíli disse a ele: "Não, meu senhor, assim não nos interessa". Ele então prometeu outra nota de 10. Vássia foi preparar a água e eu comecei a me despir, mas o senhor me disse: "O que é isso em seu rosto, Fiódor? É marca de nascença ou sujeira?", depois riu e me estendeu a mão. E eu fiquei de pé, feito tonto, sem saber se tenho ou não uma marca no rosto. Nesse instante entrou Vassíli e, com ar severo, dirigiu-se ao senhor: "Tenha a bondade". E entramos todos.

— Algum Matviéi vive com vocês?
— Não. Ele encontrou trabalho.
— Com quem? Com o coronel?
— Sim, com ele. Ganha 30 rublos e tem tudo pago.
— Matviéi não se casou?
— Casou-se, sim. E o patrão lhe deu o dinheiro para a festa, além de um paletó de 80 rublos. Mas a mulher... a mulher vive no campo. Por acaso deixariam viver com uma mulher num trabalho como esse? Eu também pensei em arranjar um trabalho – disse o narrador, depois de um instante de silêncio.
— Como o de Matviéi?
— O patrão é boa gente, vive sozinho, e me pagaria 30 rublos como a Matviéi.
— Você vai se perder, Fédia[27]. Tenha cuidado!
— Talvez não me perca.

---

[27] Hipocorístico de Fiódor.

— E quem é esse patrão? Algum conhecido?

— Mora aqui, na rua Furchtátskaia, onde também Dmítri serve como aprendiz, no primeiro andar. De vez em quando ele aparece aqui, para visitar Stepan Stepánovitch.

— É um velho crente?

— Não, nada disso! Parece que nem sequer é russo. É inglês, ou algo assim.

— Tem boa fama?

— Sim, dizem que é boa pessoa, um ótimo patrão.

— Pois que tenha boa sorte.

— Adeus, tio Iermolai, obrigado pelas iguarias e tudo o mais.

— Venha me visitar sempre que puder, Fédia.

— Virei.

E, fazendo soar os tacões dos sapatos, Fiódor saiu com passo leve pelo corredor, depois de fechar a porta com um golpe. Vánia saiu rapidamente, sem saber bem por que o fazia, e chamou com um grito aquele rapaz que passava ao seu lado, vestindo um casaco sobre uma camisa russa, da qual pendiam os nós do cordão usado como cinto, e calçando botas baixas envernizadas e um boné de lado:

— Por favor, sabe dizer se Stepan Stepánovitch Zassádin está para chegar?

O rapaz se voltou e, à luz que penetrava por aquela porta numerada, Vánia pôde ver um par de olhos grises, furtivos e muito vivos, sobre um rosto pálido, como de gente que ou vive reclusa ou envolta em brumas eternas, cabelos escuros em corte tigela e uma boca belamente traçada. Apesar de uns traços algo rudes, em seu rosto havia certa mimalhice. E, ainda que Vánia olhasse com desconfiança para aqueles olhos ternos e furtivos e aquele sorriso malicioso em seus lábios, havia algo naquele rosto e em toda aquela figura alta, cuja elegância cativante e perturbadora saltava à vista mesmo embaixo do casaco.

— Está esperando por ele?

— Sim... E já são quase sete horas.

— Seis e meia – corrigiu Fiódor, depois de consultar seu relógio de bolso. — Achávamos que não havia ninguém no andar dele... Mas deve estar chegando – acrescentou ele, apenas para dizer alguma coisa.

— Sim. Fico agradecido, e desculpe pelo incômodo – disse Vánia, sem se mover do lugar.

— Imagine, não se preocupe! – respondeu o rapaz com um trejeito.

Ouviu-se o forte som de uma campainha, e entraram Stroop, Zassádin e um jovem alto vestindo túnica. Stroop olhou depressa para Fiódor e Vánia, de pé, um de frente ao outro.

— Me perdoe por tê-lo feito esperar – disse Stroop a Vánia, enquanto Fiódor corria para tirar-lhe o sobretudo.

Vánia contemplou tudo aquilo como se fosse sonho, com a sensação de que caía em um abismo e tudo se cobria de névoa.

* * *

Quando Vánia entrou na sala de jantar, Anna Nikoláievna acabava de falar: "É uma pena, sabe, que uma pessoa tão importante tenha a reputação maculada desse jeito". Konstantin Vassílievitch, em silêncio, dirigiu o olhar a Vánia, que havia pegado um livro e sentado junto à janela, e observou:

— Ora, dizem que é artificioso, antinatural, que é uma futilidade, mas, se nos restasse apenas o emprego do nosso corpo no que se considera natural, utilizaríamos as mãos apenas para rasgar e pôr na boca pedaços de carne crua e lutar com nossos inimigos; as pernas para perseguir lebres ou fugir dos lobos e assim por diante. Isso me lembra um conto de *As mil e uma noites*, em que uma moça, obcecada pela ideia de utilidade, sempre perguntava para que se havia inventado isso e aquilo. E, quando certa vez perguntou sobre uma conhecida parte do corpo, sua mãe pegou o açoite e, enquanto a golpeava, lhe dizia: "Agora está vendo para que a inventaram". Essa mãe sem dúvida demonstrou de maneira franca a legitimidade de suas explicações, mas é pouco provável que a utilidade desse lugar se reduza somente a isso. E todas as explicações morais sobre a natureza dos atos se resumem a que o nariz foi feito para ser pintado de verde. O ser humano deve ampliar as faculdades do corpo e da alma até a última possibilidade e investigar as aplicações dessas possibilidades se não quiser continuar sendo um Calibã[28].

— Pois é, vejam os ginastas, que andam de cabeça para baixo...

— O que é na verdade uma vantagem, além de ser talvez um grande prazer, como diria Larion Dmítrievitch – comentou tio Kóstia, lançando um olhar desafiador para Vánia, que não tirava os olhos da leitura.

— O que isso tem a ver com Larion Dmítrievitch? – estranhou Anna Nikoláievna.

— Não pensa que eu estava expressando minhas próprias opiniões, não é?

— Vou ver Nata – anunciou, levantando-se, Anna Nikoláievna.

---

28 Personagem de *A tempestade*, de Shakespeare.

— Que foi? Ela está bem? Quase não a vejo mais – lembrou-se, por acaso, Vánia.

— Mas é claro, se você passa dias inteiros sumido.

— Sumido como?

— Ah, isso é uma pergunta para você – disse a tia ao sair da sala.

Tio Kóstia terminava de beber seu café já frio. O ambiente tinha um cheiro forte de naftalina.

— Era de Stroop que o senhor falava, tio Kóstia, quando eu entrei? – decidiu perguntar Vánia.

— De Stroop? Na verdade, não me lembro... Se não me engano, era Aneta que me dizia alguma coisa.

— Pensei que era sobre ele.

— Mas não. Por que falaria eu de Stroop com ela?

— E realmente supõe que Stroop seja partidário dessas ideias que o senhor explanou?

— Sei que é assim que ele pensa, já seus atos, não os conheço. E as convicções de outra pessoa são algo obscuro e melindroso.

— Acaso pensa que seus atos diferem de suas palavras?

— Não sei. Não conheço os atos dele. Mas nem sempre é possível agir segundo os próprios desejos. Por exemplo, nós pretendíamos estar na datcha há tempos, no entanto...

— Sabe, tio, esse velho crente, Sorókin, me convidou para sua casa no Volga: "Venha nos visitar, seu pai não vai repreendê-lo", disse. "Venha ver como vivemos, se for de seu interesse." Ele de repente se predispôs para comigo, não sei por quê.

— Bom, então vá.

— A tia não me daria dinheiro, e não acho que valha a pena.

— E por que não?

— Tudo é tão nojento! Tão nojento!

— E por que de repente tudo ficou tão nojento?

— Não sei, de verdade – disse Vánia, e tapou o rosto com as mãos.

Konstantin Vassílievitch olhou para a cabeça inclinada de Vánia e saiu em silêncio da sala de jantar.

* *
*

O porteiro não estava. As portas que davam para a escada estavam abertas e na antessala se ouvia uma voz raivosa, que se alternava com silêncios, vinda do escritório fechado, quando soou vagamente uma voz tranquila que parecia ser de uma mulher. Vánia permaneceu na antessala, sem tirar o sobretudo nem o boné. A maçaneta girou, e a porta do escritório entreabriu-se, mostrando a mão que a segurava, e todo o braço até o ombro, estes cobertos pela manga vermelha de uma camisa russa. Puderam-se ouvir claramente as palavras de Stroop: "Eu não permitirei que ninguém toque nesse assunto! Muito menos uma mulher. Eu a proíbo de falar sobre isso! Está ouvindo? Eu a proíbo!". A porta se fechou de novo e as vozes voltaram a soar abafadas. Entediado, Vánia observou aquela antessala que ele tão bem conhecia: as lâmpadas elétricas diante do espelho e, acima da mesa, as roupas penduradas no cabideiro... Luvas de mulher haviam sido deixadas sobre a mesa, mas não se viam o chapéu e o sobretudo. A porta se abriu novamente, dessa vez de par em par e com estrondo, e Stroop, sem notar a presença de Vánia, passou ao corredor com o rosto pálido e furioso. Um segundo depois Fiódor o seguiu quase correndo com uma camisa vermelha de seda, sem cinto e com uma jarra na mão. "O que deseja?", disse Fiódor, dirigindo-se a Vánia, evidentemente, sem reconhecê-lo. O rosto de Fiódor estava avermelhado por excitação, como o de alguém que ou bebeu muito ou se maquiou. Seus cabelos estavam penteados com esmero e um pouco ondulados, e ele cheirava intensamente ao perfume de Stroop.

— O que deseja? – repetiu Fiódor a Vánia, que olhava para ele de olhos arregalados.

— Larion Dmítrievitch?

— Não está.

— Mas como, se acabo de vê-lo?

— Desculpe, mas ele está muito ocupado e não tem como recebê-lo.

— Comunique a ele que estou aqui.

— Não, falo sério. É melhor que venha vê-lo em outro momento. Para ele agora é impossível receber você. Ele não está só – disse finalmente Fiódor, baixando a voz.

— Fiódor! – chamou Stroop do fundo do corredor, e este saiu apressado com passos silenciosos.

Depois de esperar alguns minutos, Vánia saiu para a escada, tendo antes encostado a porta, atrás da qual recomeçaram as vozes abafadas, então mais fortes e raivosas. Na portaria, arrumando o véu do chapéu em frente ao espelho, encontrava-se uma dama não muito alta de vestido cinza-esverdeado e casaquinho preto. Ao se aproximar, passando por trás dela, Vánia viu nitidamente no espelho que era Nata. Arrumado o véu, ela começou a subir sem pressa pela escada e, chegando à porta de Stroop, apertou a campainha. Enquanto isso, o porteiro, que retornara de algum lugar naquele instante, abria a saída à rua para Vánia.

* * *

— O que é isso? – deteve-se Aleksei Vassílievitch, que lia o jornal da manhã. — "Misterioso suicídio. Ontem, 21 de maio, na rua Furchtátskaia, no apartamento do súdito inglês L. D. Stroop, encerrou as contas com a vida a jovem, plena de força e esperanças, Ida Holberg. Em um bilhete, a jovem suicida pede que ninguém seja responsabilizado por sua morte, mas as circunstâncias em que se deu esse triste acontecimento fazem supor motivações de natureza passional. Segundo o dono do apartamento, a finada, depois de uma ardente declaração, escreveu algo em um pedaço de papel e pegou rapidamente o revólver de Stroop, preparado para sua viagem, e, antes que os presentes pudessem fazer alguma coisa, disparou a carga na têmpora direita. A solução para esse mistério se complica por duas razões. A primeira, o desaparecimento nesse mesmo dia do empregado do sr. Stroop, Fiódor Vassílievitch Solovióv, camponês da província de Oriol, que sumiu sem deixar rastros. A segunda, o desconhecimento da identidade de uma dama que chegara ao andar de Stroop meia hora antes do fatídico ocorrido, bem como o grau de influência que ela teria nesse trágico desfecho. As investigações estão em curso."

Em volta da mesa de chá todos guardaram silêncio, e mesmo em todo o cômodo, impregnado daquele odor de naftalina, não se ouvia nada além do tique-taque do relógio.

— Como foi que isso aconteceu? Nata! Nata! Você sabe? – disse por fim Vánia com uma voz que não era a sua.

Mas Nata, que traçava desenhos imaginários com o garfo no prato vazio, não respondeu coisa alguma.

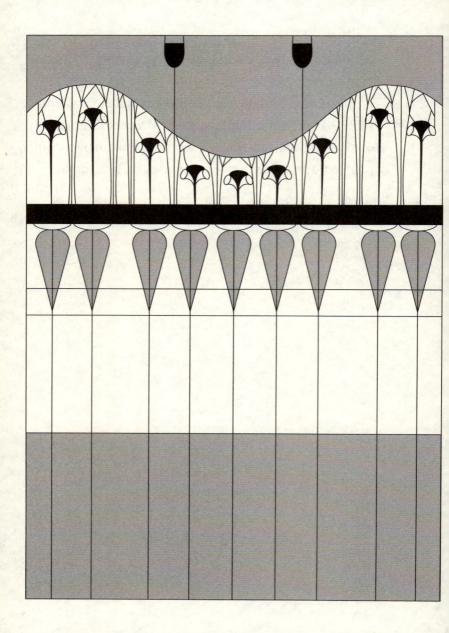

PARTE
DOIS

— Imagine, Vánia, que maravilhoso isso de outra pessoa, completamente diferente de você, com outras pernas, outra pele, outros olhos, ser toda, toda sua! Poder olhá-la, beijá-la e tocá-la por inteiro; cada sinalzinho de seu corpo, seja ele onde for, os pelinhos dourados que crescem em seu braço, cada pequeno sulco, os poros, e tudo o mais que os olhos de quem ama possam mensurar. E conhecer tudo dela, como anda, come, dorme, como se formam as rugas de seu rosto quando sorri, como pensa, como cheira seu corpo. Quando é assim, você passa a não se pertencer, como se você e o outro fossem uma coisa só, unidas pela carne, pela pele. E não há felicidade maior neste mundo, Vánia, do que estar amando. Já sem amor é insuportável! Insuportável! E digo mais a você, é melhor amar sem ter, do que ter sem amar. Já o matrimônio... O matrimônio! O mistério não é que o padre o bendiga e que venham os filhos – uma gata fica prenhe umas quatro vezes por ano –, o mistério é que a alma se inflame quando você se entrega a outro e o toma por completo, ainda que por uma semana, por um dia. E, se a alma dos dois arde, isso quer dizer que Deus os uniu. É um pecado praticar um amor de coração frio ou no cálculo de um benefício. Mas a quem toque o dedo de fogo, faça ele o que fizer, permanece imaculado diante do Senhor. Tenha feito o que for, aquele a quem toca o espírito ardente do amor tudo se perdoará, porque ele já não se pertence, está elevado em espírito, tomado de êxtase...

E Mária Dmítrievna, que se agitara enquanto falava, foi caminhar entre as macieiras, depois sentou-se de novo ao lado de Vánia num banco de onde se via meio Volga, infinitos bosques na margem oposta e, distante, à direita, a igreja branca de uma aldeia do outro lado do imenso rio.

— Mas é assustador, Vánia, quando se é tocado pelo amor. É maravilhoso e assustador. Como se estivesse voando e caísse de repente, ou morresse, como acontece nos sonhos. Então, sempre e em toda parte, você é atravessado por alguma imagem da pessoa amada. Quando não a dos olhos, a dos cabelos, do andar. E é mesmo extraordinário, porque é algo simples, como um rosto. O que há nele? Um nariz no meio, uma boca, dois olhos. Então por que se entusiasma tanto e se deixa cativar? Você afinal vê tantos rostos bonitos e os admira, como se admiram as flores ou os brocados, mas vem a ser outro, que nem bonito é, o que revira a sua alma, e não a de todos, somente a sua, e é apenas esse rosto. Por que isso é assim? E ainda – acrescentava ela, titubeando – os homens amam as mulheres e as mulheres, os homens. Mas ocorre também, é o que dizem, de uma mulher amar outra mulher e um homem, outro homem. Dizem que isso acontece, e eu mesma li nas Legendas, contam de Santa Eugênia, a Mártir Venerável[29], de Nifont[30], de Pafnúcio de Bórovsk[31] e até do tsar Ivan Vassílievitch[32]. E não é difícil de compreender. Ou acaso é impossível a Deus pôr também esse espinho no coração humano? E é difícil ir contra o que está posto, Vánia. Talvez até seja pecado.

O sol quase havia desaparecido atrás dos distantes e irregulares bosques de pinheiros, e o curso do Volga, que se via em três voltas, amareleceu de um dourado tirante a róseo. Mária Dmítrievna contemplava em silêncio os bosques escuros da outra margem e o

---

29 Santa Eugênia de Roma (?-258), mártir cristã. Por ter dedicado sua virgindade a Deus, fugiu de casa passando-se por homem para evitar o matrimônio, e como homem viveu longo período de sua vida, chegando a ser abade.

30 Nifont (?-1156), arcebispo de Nóvgorod de 1130 até sua morte, canonizado no século XVI.

31 Pafnúcio de Bórovsk (1394-1477), monge e santo ortodoxo de ascendência tártara, canonizado no século XVI.

32 Especula-se que Ivan, o Terrível (1530-1584), tenha tido uma relação amorosa com Fiódor A. Basmánov (c.1545-1571), *oprítchnik* e homem de confiança do tsar. O escritor Aleksei K. Tolstói (1817-1845) trata dessa lenda em *O príncipe Serebriáni: Uma novela dos tempos de Ivan, o Terrível*, de 1863.

vermelho pálido do céu ao anoitecer. Vánia também estava em silêncio, de boca entreaberta, como se continuasse, e agora plenamente, de ouvidos entregues à sua interlocutora. Depois, sem tristeza nem condenação, de súbito observou:

— Mas acontece de as pessoas pecarem por diversas razões: por curiosidade, por orgulho, por cobiça.

— Acontece, sim. Tudo acontece. O pecado é delas – reconheceu Mária Dmítrievna, que não mudou de posição nem se virou para Vánia. — Mas àqueles que têm o coração penetrado por esse espinho é difícil. Ah, como é difícil, Vánietchka! Não é para condená-los que estou dizendo. Para alguns a vida pode ser fácil, mas para que a querem? É como sopa sem sal, que alimenta, mas não tem sabor.

※ ※
※

Depois de o fazerem na sala, na varanda, no pequeno saguão da entrada e no pátio à sombra das macieiras, dessa vez serviram o almoço no porão. O porão estava escuro e cheirava a malte, a repolho e um pouco a ratos, mas julgaram que ali, ao menos, não estava tão quente e não havia moscas. Puseram a mesa de frente para a porta a fim de terem mais luz, mas, quando Malánia, que quase corria pelo pátio com a comida, se detinha no umbral para descer às escuras pelos degraus, tornava-se tudo ainda mais escuro. E a cozinheira nunca deixava de resmungar: "Isso aqui está um breu, Deus me perdoe! Olhe só onde é que foram inventar de se meter!". Às vezes não esperavam Malánia e quem corria para servir a comida era Serguei, um rapaz de cabelo encaracolado que trabalhava na venda dos Sorókin e que comia em casa com Ivan Óssipovitch. E quando Serguei ia depois pelo pátio, de braços levantados, levando o prato no alto, a cozinheira se precipitava atrás dele com uma colher ou um garfo, gritando: "Para que isso? Será que não sei mais servir a comida? Por que mandam Serguei atrás do prato? Eu já ia...".

— Você já ia, mas nós já fomos – contestava Serguei, fazendo trepidar os pratos temerariamente na bandeja diante de Arina Dmítrievna, antes de, com um sorrisinho, sentar-se em seu lugar entre Ivan Óssipovitch e Sacha. — E para que Deus inventou esse calor? – se perguntava Serguei. — Ninguém precisa dele: a água seca, as árvores se queimam... É ruim para todos...

— Para os cereais, talvez.

— Mas sem tempo nem medida desse jeito não serve nem para os cereais. Não é só a tempo que Deus nos manda as coisas, a destempo também manda.

— Quando é a destempo, significa que quer nos provar por nossos pecados.

— Ouçam isso – entrou na conversa Ivan Óssipovitch –, aqui, o calor chegou a matar um idoso. O velho nunca tinha feito mal a ninguém, estava indo numa peregrinação e acabou morrendo de calor. E isso, o que significa?

Serguei comemorava em silêncio esse triunfo.

— Significa que pagou pelos pecados de outros, não pelos próprios – decidiu Prokhor Nikítitch, mas pelo tom não parecia muito certo do que dizia.

— Mas como? Uns vão se embriagar e farrear, e para livrá-los da culpa Nosso Senhor mata velhinhos inocentes?

— Ou, me desculpem, mas seria correto se me metessem na cadeia por vocês, por não terem pagado uma dívida que acaso tivessem, por exemplo? – observou Serguei.

— É melhor tomar a sopa em vez de ficar dizendo besteiras. Para que serve isso? Para que serve aquilo? Fica questionando o calor, dizendo que ele não tem serventia, mas o calor pode pensar o mesmo sobre você, Serioja[33], e perguntar para que é que você serve.

---

33 Hipocorístico de Serguei.

Já saciados, ficaram por um longo tempo tomando chá, uns com maçã, outros com geleia. Então a voz de Serguei tornou a ressoar:

— Com frequência é difícil saber como compreender essas coisas. Vamos pegar este exemplo: um soldado matou uma pessoa, também eu matei, mas, enquanto ele ganha a medalha de São Jorge, eu sou condenado aos trabalhos forçados. E por que é assim?

— O que não entende? Ouça o seguinte, temos o marido que vive com a esposa e o solteiro que anda de agarramentos com uma mulher. Alguns dirão que é a mesma coisa, mas tem uma grande diferença. Agora se perguntam: diferente em quê?

— Não consigo responder – disse-lhe Serguei, que então o olhava de olhos arregalados.

— Na imaginação. Primeiro... – começou Prokhor Nikítitch, como a quem faltavam não só as palavras, mas também os pensamentos. — Primeiro, o casado está com uma única, isso para começar. Outra coisa é que vive com ela uma vida tranquila e calma, já que se habituam um ao outro. E o marido ama sua esposa da mesma maneira que come mingau ou fustiga os empregados. Já os outros têm tudo quanto é bobagem na cabeça. É tudo cá-cá-cá, qui-qui-qui, nada é sério, nada é para durar. Daí se vê, uma coisa é da lei, outra coisa é só fornicação. O pecado não está nos atos, mas na maneira de encará-lo, de relacionar o assunto com os demais.

— Me perdoe, mas pode acontecer também de o marido amar ardentemente sua esposa e o outro estar tão acostumado à sua amante que para ele já tanto faz beijá-la ou matar um mosquito. Assim, como é que vai saber onde está a lei e onde está a fornicação?

— Fazer isso sem amor é uma abominação – opinou de repente Mária Dmítrievna.

— Você fala de "abominação", mas conhecer as palavras é pouco, é preciso entender o que elas dizem de verdade. Os sacrifícios, sim, eram "abominação", porque eram idolatria, como comer lebre, por exemplo, também deve ser. Mas aqui estamos falando de fornicação.

— Fornicação, fornicação... Não sabe dizer outra coisa? Olhem a conversa que estão levando na frente dos meninos! – gritou Arina Dmítrievna.

— Mas por quê? Assim podem entender eles próprios. Não é, Ivan Petróvitch? – dirigiu-se o velho Sorókin a Vánia.

— Como? – disse Vánia com estremecimento.

— O que acha de tudo isso?

— Sabe, é muito difícil julgar assuntos alheios.

— Isso é verdade, Vánietchka – alegrou-se Arina

Dmítrievna. — Não seja nunca o juiz dos outros. É como está escrito: "Não julguem para que não sejam julgados".

— Bom, há uns que não julgam ninguém, mas acabam sendo julgados – comentou afinal o velho Sorókin, apoiando-se na mesa para levantar-se.

* * *

No cais e nos embarcadouros viam-se apenas vendedoras com pãezinhos, peixes defumados, framboesas e conservas de pepino. Os grumetes com suas camisas coloridas apoiavam-se no peitoril e cuspiam na água. Arina Dmítrievna, depois de conduzir o velho Sorókin ao vapor, sentou-se no espaçoso breque ao lado de Mária Dmítrievna.

— Como é que fomos esquecer as panquecas, Máchenka[34]? Prokhor Nikítitch gosta tanto de comê-las com chá.

— É, eu as deixei bem à vista, mas de nada adiantou.

— Nem você, Parfion, foi capaz de nos lembrar!...

---

[34] Hipocorístico de Mária.

— E eu lá sabia? Se tivessem deixado do lado de fora, aí sim eu podia ter avisado, mas nem sequer entrei em casa – justificava-se o velho empregado.

— Ivan Petróvitch! Sacha! Aonde vão? – Arina Dmítrievna chamou os jovens, que já começavam a subir a colina.

— Nós vamos passeando a pé, mãezinha. E por esse caminho vamos chegar antes de vocês.

— Está bem, suas pernas são jovens, pois vão, vão... Ou você, Ivan Petróvitch, não gostaria de ir passeando na carruagem? – quis ela convencer Vánia a acompanhá-la.

— Não, não se preocupe. Iremos a pé. Muito obrigado! – gritou Vánia, que estava já a certa altura da colina.

— Vejam, a barca Liubímov chegou – notou Sacha, tirando o boné e virando ao vento o rosto corado e levemente suado.

— Prokhor Nikítitch ficará muito tempo fora?

— Não, ele fica em Unja no máximo até o dia de São Pedro[35]. Não tem muito o que fazer por lá, só ver uma coisa ou outra.

---

35 A Igreja Ortodoxa celebra as festividades de São Pedro em 12 de julho (29 de junho segundo o antigo calendário juliano).

— E você, Sacha, nunca viaja com seu pai?

— Sempre vou com ele, sim. É que agora você está de visita, e chegou não faz tempo, então não fui.

— Por que deixou de ir? Por que se incomodar por minha causa?

Sacha acomodou de novo o boné sobre seus cabelos pretos, que agora esvoaçavam ao vento, e, depois de um sorriso, disse:

— Não é incômodo, Vánietchka, de jeito nenhum. Eu estou tão contente de ficar com você. Se eu ficasse só com minha mãe e minha tia, aí sim ficaria entediado, mas sendo assim fico muito feliz. – Depois de um silêncio, continuou como se refletisse: — Se estiver em Unja, Vetluga ou Moscou e não vir nada além de seus próprios assuntos, é como se fosse cego! Lá, é só floresta por toda parte e o assunto é a madeira, sempre a madeira; quanto custa, em quanto fica o transporte, quantas tábuas, quantos troncos saem... E nada além disso! Papai foi educado para ser assim e está me educando da mesma maneira. Lá, onde quer que se esteja, pelas tabernas ou na companhia dos guardas-florestais, é sempre a mesma conversa. E isso é chato, sabe? É como se, suponhamos, alguém fosse um construtor e só construísse igrejas. Mas não a igreja toda, somente as cornijas. E, se ele percorresse o mundo inteiro, só enxergaria cornijas de igreja em toda parte, sem reparar nas diversas pessoas, nem em como vivem, como pensam, rezam, amam, nem nas árvores nem nas flores daqueles lugares – não veria nada além de suas cornijas. Uma pessoa deve ser como um rio ou um espelho, deve aceitar tudo o que nela se reflita. Então, como no Volga, ela terá sol, nuvens, florestas, montanhas altas e cidades com suas igrejas. E, tendo tudo em igual medida, ela será capaz de reunir tudo em si. Mas quem é fisgado por uma só coisa, por esta coisa acaba devorado. Assim é a cobiça e, ainda, a busca pela divindade.

— Busca pela divindade, como assim?

— A religião, quero dizer. Quem só pensa nela, só lê sobre ela, dificilmente compreenderá outra coisa.

— Mas há também sacerdotes que não são alheios ao profano. Me lembro de um dos seus, o arcebispo Innokiénti[36], por exemplo.

— Há também esses, é claro. Mas, sabe, acho que fazem muito mal. Não é possível ser um bom sacerdote, um bom oficial, um bom comerciante, percebendo tudo

---

36 Arcebispo Innokiénti, nascido Ivan V. Beliáev (1862-1913). Arcebispo da Igreja Ortodoxa Russa que em 1905 abençoou a União dos Povos Russos, organização fortemente ligada à luta trabalhista.

de uma única maneira. Por isso o invejo, Vánia, e com toda a minha alma, porque não prepararam você para uma única coisa; assim, é capaz de saber e entender de tudo, não é como eu, por exemplo, ainda que sejamos da mesma idade.

— Como é que eu sei de tudo? No liceu não nos ensinam nada!

— De toda maneira, é melhor não saber nada do que saber uma coisa só, ainda que seja para se conhecer tudo sobre ela.

Lá embaixo, começou o ruído surdo das rodas da carruagem e, de algum lugar distante, ouviram-se ruidosos impropérios e batidas de remos na água.

— Estão demorando!

— Talvez tenham passado na casa de Lóguinov – comentou Sacha, sentando-se na grama, ao lado de Smúrov.

— Então, somos da mesma idade? – perguntou Vánia, contemplando a outra margem do Volga, onde corriam pelos prados as sombras das nuvens.

— E não só, nascemos quase no mesmo mês. Perguntei a Larion Dmítrievitch.

— Você conhece bem Larion Dmítrievitch, Sacha?

— Não posso dizer que muito bem, mas sim. É que nos conhecemos há pouco. E ele não é uma pessoa que se possa conhecer assim, de uma vez.

— Soube do que aconteceu com ele?

— Soube, sim. Eu então ainda estava em Píter[37]. Mas não acredito no que andam dizendo, acho que tudo é mentira.

— O que é mentira?

— Que essa moça se suicidou por causa de Larion Dmítrievitch. Eu a conheci, ele a apresentou a mim certa vez no jardim. Era tão estranha. Eu então disse a Larion Dmítrievitch: "Lembre-se destas minhas palavras, essa moça vai acabar mal". Ela parecia um tanto desequilibrada.

— Sim, mas, mesmo sem ter disparado arma alguma, uma pessoa pode ser a causa de um suicídio.

— Não, Vánietchka, se alguém se sentir ofendido por algo que não lhe diz respeito e por isso se matar, ninguém será culpado.

— Então você culpa Stroop pelo suicídio de Ida Pávlovna?

— E por que então Ida Pávlovna se matou?

— Imagino que você saiba.

— Por causa de Fiódor?

---

[37] Denominação afetuosa da cidade de São Petersburgo.

— Acho que sim – respondeu Vánia, perturbando-se um pouco.

Sorókin ficou um longo tempo em silêncio. E, quando Vánia ergueu os olhos, viu que ele olhava inteiramente impassível, com ar um tanto bravo, para o caminho por onde subia a carruagem com Parfion.

— Que foi, Sacha, por que não diz nada?

Sacha olhou de relance para Vánia e, irritado, disse abertamente:

— Fiódor é um rapaz simples, um mujique, por que se matar por causa dele? Se fosse assim, Larion Dmítrievitch não poderia contratar cocheiros para seus cavalos, nem porteiro para a entrada de sua casa, nem ir ao médico quando lhe doem os dentes. Para que Fiódor não existisse, seria preciso...

— Estão nos esperando? – gritou Arina Dmítrievna ao descer da carruagem, enquanto Parfion e Mária Dmítrievna recolhiam sacolas e bolsas e um cão de guarda preto latia ao redor.

* *
*

Para o dia de São Pedro, decidiram ir a uma ermida a umas 40 verstas do outro lado do Volga para assistir à missa com o pope nessa festa tão importante e para visitar Anna Nikanórovna, parente distante dos Sorókin, que vivia em um colmeal junto à ermida. Adiaram a ida a Tcheremchani, onde viviam as filhas de Prokhor Nikítitch, até o dia de Santo Elias[38], para permanecer ali até o final da feira, aonde também iria Vánia. Pensavam em regressar em setembro, as mulheres de Tcheremchani, os homens de Nijni Nóvgorod, e, no fim de agosto, Vánia iria diretamente, sem passar por ali, para Petersburgo. Uns quatro dias antes da partida, quase de malas prontas para a viagem, todos reunidos para o chá da tarde, discutiam pela décima vez quem iria aonde e por quanto tempo, quando o correio vespertino trouxe duas cartas para Vánia, que desde sua chegada não havia recebido nenhuma. Uma era de Anna Nikoláievna, em que pedia que procurasse em Vassilsursk uma datcha de mais ou menos 60 rublos, já que Nata estava tão desanimada com tudo, por não poder viver numa datcha perto de São Petersburgo. Dizia ainda que Koka fora mitigar as dores em Naantali, perto de Hanko, e que Aleksei Vassílievitch, tio Kóstia e Boba iriam apenas ficar na cidade e nada mais. A outra

---

[38] A Igreja Ortodoxa celebra as festividades de Santo Elias no dia 2 de agosto (20 de julho segundo o antigo calendário juliano).

carta era do próprio Koka, que entre frases que diziam de sua tristeza "pela morte dessa jovem sublime, arruinada por aquele canalha", dava a saber que havia um balneário bem perto, que havia lá uma enormidade de moças, que ele andava de bicicleta o dia inteiro etc. etc.

"Por que ele me escreve tudo isso?", pensou Vánia, tendo lido a carta. "Será que ele não tinha ninguém além de mim a quem contar?"

— Minha tia e minha prima me pedem que procure uma datcha, querem vir para cá.

— Pois é fácil, parece que Germánikha tem uma desocupada. Um pessoal de Ástrakhan quis alugar, mas não vai mais. E nessa datcha vocês não estariam longe.

— Pergunte, por favor, Arina Dmítrievna, se ela não alugaria por 60 rublos e se a datcha está em boas condições, se tem tudo.

— Aluga-se até por 50, não se preocupe. Cuidarei de tudo.

Depois, recolhido em seu quarto, Vánia esteve um longo tempo sentado junto à janela sem acender as velas, e Petersburgo, os Kazánski, Stroop, sua casa e, por alguma razão, especialmente Fiódor, como o havia visto da última vez, de camisa vermelha de seda e sem cinto, com um sorriso naquele rosto avermelhado de um corado eventual, e uma jarra na mão – tudo isso passava por sua mente. Acendendo as velas, pegou da estante um volume de Shakespeare que continha *Romeu e Julieta* e tentou ler. Mas não havia dicionário, e sem a ajuda de Stroop ele só entendia cinco de cada dez palavras, ainda assim, aquela torrente de vida e beleza apoderou-se dele de repente, algo até então desconhecido, e era como se algo de suas entranhas, um mistério quase esquecido, ressuscitasse e o envolvesse com braços cálidos. Alguém bateu suavemente à porta.

— Quem é?

— Sou eu. Posso entrar?

— Por favor.

— Desculpe incomodá-lo – disse ao entrar Mária Dmítrievna. — Vim trazer uma *léstovka*[39] para você. Guarde-a em sua bolsa.

— Ah, está bem.

— O que estava lendo? – perguntou Mária Dmítrievna, retardando a saída. — Pensei que tivesse apanhado um sinaxário para ler.

— Não, é isso aqui, uma peça inglesa.

---

[39] Cordão de oração ortodoxo semelhante ao rosário católico.

— Ah, achei que era um sinaxário. Mal se ouviam as palavras, mas parecia ler como se leem os cantos.

— E eu estava lendo em voz alta? – surpreendeu-se Vánia.

— E não estava?... Bom, vou pôr a *léstovka* aqui na cômoda... Boa noite.

— Boa noite.

E Mária Dmítrievna, ajustando sua lamparina, foi saindo sem fazer barulho, mas bateu a porta ao fechá-la. Vánia observou com espanto, como quem acaba de despertar, os ícones no oratório, a lamparina, o baú de ferro num canto, a cama feita, a sólida mesa junto à janela com cortinas brancas, através das quais se viam o jardim e o céu estrelado, e, tendo fechado o livro, soprou a vela.

* *
*

— Olhe os miosótis no pântano, são tantos! – exclamava a todo instante Mária Dmítrievna, enquanto passavam de charrete ao longo do pequeno prado pantanoso, todo coberto de flores azuis e altas plantas aquáticas, sobre as quais, tremendo quase imperceptivelmente as asas brilhantes, um sem-número de libélulas pousava seu corpinho esverdeado. Atrasando um pouco a charrete em que viajava com Vánia em relação àquela em que ia Arina Dmítrievna com Sacha, Mária Dmítrievna ora descia da carruagem e caminhava à beira do pântano e do bosque, ora subia de novo na carruagem, depois voltava para colher flores, ou se punha a cantar algo e o tempo todo falava com Vánia como se falasse consigo mesma, como que embriagada pelo bosque, o sol, o azul do céu e das flores. E Vánia, com simpatia quase indulgente, observava o rosto, então rejuvenescido e radiante como o de uma adolescente, daquela mulher já entrada na casa dos 30.

— Tínhamos um jardim maravilhoso em Moscou. Vivíamos em Zamoskovorétchie, que era cheio de macieiras e lilases, e, num canto, uma fonte e uma groselheira-preta. No verão não saíamos para parte alguma, por isso eu costumava passar o dia todo no jardim. E lá eu fazia geleia... Eu adoro, Vánietchka, andar descalça na terra quente, tomar banho de rio. Poder ver o próprio corpo através da água, os pontinhos dourados da luz do sol que correm por ele, e, ao submergir e abrir os olhos, tudo é verde, verde, então os peixinhos passam ao seu lado, e, quando você se deita depois para secar na areia quente, sente a brisa soprar... É maravilhoso! Estar deitada sozinha, sem amigas, é ainda melhor. É mentira o que dizem as velhas, que o corpo é pecado, que as flores e a beleza são pecado, que se banhar é pecado. Acaso não é Deus o criador de tudo isso, da água, das árvores, do corpo? Pecado é contrariar a vontade de Deus. Quando, por exemplo, alguém está predestinado a alguma coisa, quando aspira a alguma coisa, impedi-lo é um verdadeiro pecado! Mas como precisamos nos apressar, Vánia, não dá mais tempo de falar. Assim como a boa dona de casa, que armazena enquanto há tempo repolhos e pepinos, ciente de que depois não terá como adquiri-los, também nós, Vánia, devemos nos saciar de contemplar, amar e respirar enquanto há tempo! Quanto será o nosso tempo? A juventude é ainda mais breve. O instante que passa não voltará nunca, é preciso recordá-lo eternamente. Assim, tudo seria duas vezes mais doce, como ao bebê que acaba de abrir os olhos ou ao moribundo.

Ao longe ouviram-se as vozes de Arina Dmítrievna e Sacha. Atrás, as batidas das rodas revestidas da charrete de Parfion. As moscas zumbiam, tudo cheirava a ervas, pântano e flores. Fazia calor e Mária Dmítrievna, com um vestido de noite preto e um lenço branco na cabeça, empalidecida de calor e cansaço, com seus olhos escuros e brilhantes, ia sentada algo encurvada ao lado de Vánia na carruagem, arrumando as flores que havia colhido.

— Para mim, pensar comigo mesma ou falar com você é igual, Vánia, porque você tem alma de criança.

Numa curva, desvelou-se uma ampla clareira em que havia um grupo de casas sem porta de entrada na frente. Muitas se assemelhavam a galpões sem janelas ou com janelas somente na parte de cima. No amontoado que formavam aquelas habitações acinzentadas pelo tempo, não se notavam as ruas. Também não se via ninguém, e apenas os latidos dos cães da ermida receberam aquela charrete poeirenta com Arina Dmítrievna e Sacha.

**

Depois da missa, os Sorókin e Vánia partiram para visitar o velho monge Leónti, que vivia em um colmeal a meia versta da ermida. Ao passar com toda pressa por um bosquedo sombrio rumo a uma pequena clareira onde se ouvia a corrente de um arroio numa calha de madeira, oculto entre ervas altas e flores, Arina Dmítrievna informou Vánia sobre o velho monge Leónti.

— Da Igreja Ortodoxa Russa ele se converteu à verdadeira fé faz já muito tempo, coisa de trinta anos, e na época já não era jovem. É um velho cheio de vigor e um fiel muito zeloso. Foi julgado quatro vezes e cumpriu pena de dois anos na cadeia de Súzdal. É um jejuador fanático, e quando começa a rezar, ele, assim, com uma cara sisuda, embala de um jeito que nada o pode deter! E é capaz de prever tudo... Você, Vánietchka, não diga abertamente que é ortodoxo, talvez ele não goste.

— Ou talvez ele ache boa ideia tentar me converter.

— Não, é melhor não dizer nada...

— Está bem, está bem – disse Vánia distraidamente, enquanto observava com curiosidade a pequena isbá, as malvas cor-de-rosa que a cercavam e, sentado em um banco de terra junto à porta, de camisa branca, calças azul-escuras e uma pequena *skufiá*[40] na cabeça, um velho grisalho de barba comprida e estreita e olhos vivos e alegres.

— Uma vez ele veio me ver, aquele pope, e assim que chegou aqui em cima foi direto para a mesa e começou a examinar e folhear o Evangelho. "Para a sua sorte", dizia ele, "é o canônico, não fosse, eu lhe tomaria este e, sem falta, todas as imagens e manuscritos que tivesse". Eu tinha pendurados aqui na parede os retratos

---

[40] Espécie de barrete usado pelos sacerdotes ortodoxos.

de Semion Deníssov[41], Piotr Filíppov[42] e outros como eles. Eu ainda não era velho, estava forte, e disse a ele: "Se eu permitiria que você levasse, chefe, é o que a gente ia ver". O diácono, que estava completamente bêbado e não fazia mais que se lamentar, disse ao pope: "Pare com isso, padre!". O pope então me jogou na cama e quis salpicar chá de um pires em mim para me batizar, mas eu reuni forças e consegui me livrar dele. "Até logo", disse ele, "eu ainda volto para conversar com você". E, quando saí para acompanhá-los, ele me pegou e me deu um empurrão, me atirando montanha abaixo.

E o velho contou em tom elaborado de quando esteve com os nekrassovitas[43] na Turquia, que estes quiseram matá-lo, que o julgaram e condenaram à prisão em Súzdal, e que sempre e em toda parte ele fora salvo pela cruz com relíquias que trazia consigo. Então, tirou

---

41 Semion Deníssov (1662-1741), figura central no cisma dos velhos crentes com a Igreja Ortodoxa Russa.
42 Provavelmente Ivan Filíppov (1655-1744), que se juntou à comunidade religiosa de Deníssov.
43 Cossacos do Don e velhos crentes que em 1707, liderados pelo atamã Ignat F. Nekrássov (c.1660--1737), participaram da rebelião de Bulávin contra o tsar Pedro I e suas reformas. Com o fracasso do levante, refugiaram-se na Turquia.

da isbá, agachando-se ao passar pela porta, uma cruz oca em cuja moldura de bronze estava gravado: "Relíquias de São Pedro, santo milagreiro, metropolita de Moscou; da santa princesa Fevrónia de Múrom; do santo profeta Jonas; do santo tsarévitch Dmítri; de nossa mãe penitente Santa Maria Egipcíaca".

Dentro, através das janelas, se viam ícones em prateleiras, o fogo avermelhado de lamparinas e velas, livros nos peitoris das janelas e na mesa, e um banco nu, com um pequeno tronco fazendo as vezes de travesseiro. E o ancião Leónti, olhando à toa e de olhos alegres para Vánia, disse quase cantando:

— Mantenha-se firme, meu filho, na fé verdadeira. Pois o que pode ser mais elevado do que a verdadeira fé? É o que nos redime de todos os pecados e traz aos lares a luz eterna. Pois é necessário amar a luz eterna de Nosso Senhor Jesus mais que tudo. O que há de eterno, de imperecível como o iluminado paraíso, que é a salvação de nossa alma? A flor que hoje o cativa amanhã murchará. A pessoa que você ama hoje amanhã morrerá. Os olhos que brilham se tornarão fundos e apagados, as bochechas rosadas amarelecerão, cairão os cabelos e os dentes, e você, você todo, será comida dos vermes. Cadáveres ambulantes! É o que são as pessoas neste mundo.

— Agora será mais fácil, vão permitir a construção de igrejas, as missas... – disse Vánia, a fim de distrair o velho.

— Não persiga o que é fácil, aspire ao difícil! Na facilidade, na riqueza e na liberdade os povos perecem; já enfrentando duras tribulações, salvam a sua fé. O inimigo da humanidade é astuto, suas armadilhas estão ocultas. É preciso toda a clemência para perceber de onde elas vêm.

— De onde vem tanta raiva? – disse Vánia, enquanto se afastavam do colmeal.

— Pois é! E ainda, por acaso as pessoas têm culpa de morrer? – concordou Mária Dmítrievna. — Eu amaria ainda com mais força aquele que estivesse condenado a morrer amanhã.

— É possível amar tudo, mas não se deve entregar todo o coração a uma só coisa, para não ser devorado por ela – observou Sacha, que permanecera calado o tempo todo.

— Oh, apareceu mais um filósofo! – comentou a tia, cheia de ironia e desdém.

— O quê? Por acaso não tenho cérebro?

— E como é que ele não percebeu que você é ortodoxo? Será que ele não previu, meu anjo, que você abraçará a verdadeira fé? – arrazoou Arina Dmítrievna, enquanto olhava com ternura para Vánia.

* *
 *

Não fosse pela luz de uma lamparina, a sala estaria escura por completo. Via-se pela janela o céu do crepúsculo, o imenso vermelho que amarelecia na parte de cima e, sobre esse fundo, o escuro bosque de pinheiros do outro lado da clareira. Sacha Sorókin, junto à janela, na sombra da luz avermelhada do pôr do sol, continuava a falar:

— É difícil conciliar tudo isso. Como disse um dos nossos: "Como é que você vai seguir os preceitos de Jesus depois de ir ao teatro? É mais fácil depois de matar alguém". E é certo, pois matar, roubar e fornicar é possível sob qualquer fé, agora, entender *Fausto* e rezar a *léstovka* com convicção é algo inconcebível, é provocar o diabo, ou sabe Deus mais o quê. E se o homem não comete pecados e vive de acordo com as leis, mas não crê na necessidade delas, nem que sejam para a sua salvação, isso é pior do que não as cumprir, mesmo crendo. E como crer quando não se crê? Como não saber o que se sabe? Não se lembrar do que se lembra? E não é possível simplesmente julgar que uma coisa é prudente, então proceder de acordo, que outra é fútil, então desprezá-la. Quem o fez julgar assim? Enquanto não forem suprimidas pela Igreja, todas as normas deverão ser cumpridas. E temos que evitar as artes seculares, não nos deixar tratar por médicos de outras religiões e guardar todos os jejuns. Somente os velhos dos bosques podem manter a velha ortodoxia, pois por que vou dizer que sou o que não sou? E por que serei eu aquilo que não julgo necessário ser? E como posso pensar que só a nossa gente se salvará, enquanto o mundo todo permanecerá em pecado? Sem pensar assim, como é que posso me considerar um velho crente? É cruel aceitar qualquer outra fé e qualquer outra vida que menospreze as demais. Quem entende isso não pode ser crente de nenhuma religião.

A voz de Sacha cessou por um instante, mas logo voltou a ressoar, já que Vánia, deitado na cama, no escuro, nada respondia.

— É possível que você, que nos observa de fora, compreenda melhor e com mais clareza do que nós mesmos compreendemos nossa vida, nossa fé, nossos ritos e mesmo nossa gente. Eles também, nossos pais e nossos anciãos, devem compreender melhor você, ou ao menos uma parte sua, talvez não a mais importante, e, ainda assim, continuem considerando você um estranho, um intruso. Quanto a isso não há o que fazer! Eu, Vánietchka, por mais que o ame e respeite, sinto em você algo que me angustia e desconcerta. Nossos pais e avós viveram, pensaram e perceberam de maneira distinta, e nós mesmos não podemos nos comparar a você. Essa diferença acaba se manifestando de alguma maneira, e só o desejo, aqui, de nada adianta.

Calou-se de novo a voz de Sacha, e durante muito tempo ouviu-se apenas o canto distante que escapava pelas portas abertas da capela.

— E quanto a Mária Dmítrievna?

— O que tem ela?

— O que ela pensa? Como tem se adequado?

— O que se pode dizer? É devota e sente a falta do marido.

— Faz tempo que ele morreu?

— Faz, sim. Já uns oito anos. Eu ainda era um meninote.

— Vocês a admiram.

— Nem tanto. Ela não tem lá tantas grandes ideias – disse Sacha, fechando a janela.

* * *

Outra carruagem com mais convidados se aproximava do portão. Arina Dmítrievna, que mal havia se sentado à mesa, saiu correndo ao seu encontro, e, logo depois, ouviam-se as palavras de cumprimento e os beijos. No salão, onde almoçavam uns dez homens, fazia calor e muito barulho. Froska, que ajudava Malánia, a todo instante corria descalça ao sótão com uma jarra grande de cristal e voltava trazendo-a cheia até a borda de *kvas*[44] frio e espumoso. Na sala em que as mulheres almoçavam, Mária Dmítrievna estava sentada no lugar da dona da casa, que ora corria de mesa em mesa, ora para a cozinha, de lá voltava para receber os convidados que iam chegando. Estavam ainda Anna Nikoláievna, ao lado de Nata e mais cinco comensais que limpavam o suor do rosto com lenços já ensopados. Os pratos eram servidos um depois do outro enquanto bebiam vinho madeira e licores, e as moscas se metiam nos copos sujos e pousavam aos montes nas paredes brancas e nas toalhas de mesa cheias de migalhas. Os homens tiraram seus casacos e, de coletes sobre camisas coloridas, todos corados e sonolentos, riam alto, falavam e soluçavam. O sol entrava pela porta aberta e brilhava através da cristaleira sobre as lamparinas acesas e, mais adiante, na sala vizinha, nas gaiolas coloridas dos canários, que, animados pela balbúrdia geral, cantavam

---

[44] Bebida típica russa de baixo teor alcoólico, feita de pão fermentado.

furiosamente. A todo instante espantavam os cachorros, que entravam do pátio, e a porta com correia, detida por um momento pelo pé descalço de Froska, golpeava e rangia. Cheirava a framboesas, pastéis, vinho e suor.

— Agora, julgue você mesmo. Eu ordenei que ele respondesse por telegrama a Samara, e ele não enviou nem uma palavra!

— Primeiro embeba em vinho e deixe descansar no sótão, no dia seguinte deve-se cozinhar com casca de carvalho. Fica muito saboroso.

— Para o dia da Ascensão, o padre Vassíli de Grómovo proferiu um sermão maravilhoso: "Bem-aventurados os pacificadores, por isso, façam as pazes com a Casa de Misericórdia de Tchubíkinskaia, perdoem as dívidas do curador e não peçam para ver as contas!". Parecia brincadeira!

— Digo 35 rublos e ele me dá 15...

— Azul-claro, um azul-claro assim, e desenhos cor-de-rosa – ouviu-se da sala das mulheres.

— À sua saúde, Arina Dmítrievna! À sua saúde! – gritaram os homens à dona da casa, que se dirigia apressada à cozinha.

Ouviu-se o barulho das cadeiras arrastadas ao mesmo tempo e, voltando-se para os ícones do canto, todos começaram a se benzer. Froska já trazia o samovar e Arina Dmítrievna tentava impedir que os convidados se afastassem muito do chá.

— Gosta mesmo dessa vida? – perguntou Nata a Vánia, que as tinha acompanhado para resguardá-las dos cães dos Sorókin no pátio.

— Não, mas há piores.

— Raramente – observou Anna Nikoláievna, abrindo de novo o portão para soltar a barra de seu vestido de seda cinza que havia ficado presa.

* * *

— Vamos nos sentar aqui, Nata. Eu queria falar com você.

— Está bem, vamos. E sobre o que quer falar? – perguntou a moça, sentando-se ao lado de Vánia em um banco à sombra de bétulas imensas.

A igreja que se via ao lado estava em reforma, e por suas portas abertas se ouvia o canto religioso dos caiadores, que haviam sido proibidos pelo padre de cantar lá dentro canções profanas. O átrio não se via, porque estava cercado de arbustos frondosos de roseiras, mas se ouvia claramente cada palavra no ar do entardecer. Distante dali, mugia um rebanho que voltava para casa.

— Sobre o que queria falar comigo?

— Não sei. Talvez seja doloroso e desagradável a você recordar isso.

— Você certamente quer falar sobre aquele incidente infeliz? – disse Nata, depois de um instante de silêncio.

— Sim, se puder me explicar ao menos um pouco o que aconteceu, por favor...

— Está enganado se pensa que sei mais que os outros. Sei somente que Ida Holberg se matou com um disparo, mas desconheço inteiramente a razão.

— Você estava lá na hora?

— Sim, embora não tenha sido meia hora antes, mas uns dez minutos, dos quais passei uns sete na antessala sozinha.

— Ela disparou na sua frente?

— Não. Foi justamente o tiro o que me fez entrar no escritório...

— Ela já estava morta?

Sem dizer palavra, Nata moveu a cabeça afirmativamente.

Os caieiros na igreja entoavam: "Que suba aos céus a minha prece".

— Me solta, diabo! Aonde vai com isso? Não, não se atreva! Ai! – ouviram-se os gritos afetados de uma voz feminina que provinham do átrio, enquanto seu parceiro, que não se podia ver, preferia continuar aquele rebuliço calado. — Ai! – ouviu-se ainda mais alto algo que parecia um grito afogado, e os arbustos de roseira começaram a mover-se e vergar-se sem que houvesse vento para isso.

"Como sacrifício vespertino!", terminaram serenamente de cantar lá dentro.

— Sobre a mesa havia uma jarra ou um sifão, algo de vidro, e uma garrafa de conhaque. Um rapaz de camisa vermelha estava sentado no sofá de couro e fazia alguma coisa nessa mesa. O próprio Stroop estava de pé à direita, e Ida estava sentada na poltrona da escrivaninha, com a cabeça encostada no espaldar...

— Já sem vida?

— Sim, parecia que já estava morta. Assim que entrei, Stroop me disse: "O que está fazendo aqui? Por sua felicidade, por sua paz, vá embora! Saia já! Imploro a você". O rapaz que estava sentado no sofá se levantou, e notei que estava sem cinto e que era muito bonito; tinha o rosto afogueado, os cabelos cacheados, e me pareceu que estava bêbado. Stroop então disse a ele: "Fiódor, acompanhe a senhorita".

"Seja feita a Vossa vontade", entoavam outro cântico na igreja. As vozes do átrio, reconciliadas, agora apenas sussurravam. A mulher, aliás, parecia chorar baixinho.

— Tudo isso é horrível! – disse Vánia.

— Horrível – repetiu Nata, como eco. — Ainda mais para mim... Amei tanto aquele homem – disse ela e começou a chorar.

Vánia olhou com hostilidade para aquela moça, percebendo-a repentinamente envelhecida, um tanto gorda, de boca inchada, cabelos despenteados, sardas que agora formavam manchas marrons contínuas por todo o rosto, e perguntou:

— Então era apaixonada por Larion Dmítrievitch?

Ela assentiu em silêncio com a cabeça e, depois de um instante, começou a falar com insólita doçura:

— Você, Vánia, não está se correspondendo com ele?

— Não. Sei que deixou o apartamento de Petersburgo, mas não sei qual é o novo endereço.

— É sempre possível descobrir.

— O que teria, se eu estivesse me correspondendo com ele?

— Nada não, claro.

Dos arbustos saiu com cuidado um jovem de casaco e boné e, quando chegou na altura em que estava Vánia, cumprimentou-o com uma reverência. Nele, Vánia reconheceu Serguei.

— Quem é? – perguntou Nata.

— É o empregado dos Sorókin.

— Ah, deve ser o protagonista da história que acabou agora há pouco – acrescentou Nata, desatando a rir.

— De que história?

— A do átrio, por acaso não ouviu nada?

— Ouvi, sim, umas mulheres gritando, mas não dei importância.

* * *

Vánia quase tropeçou em um homem deitado que dormia numa encosta sombreada que descia até o rio. O homem estava de roupa branca, com um boné militar de verão escorregando do rosto, sobre o qual estava posto, e os braços sob a cabeça. Vánia ficou muito surpreso ao reconhecer nele, por sua calva, seu nariz arrebitado, sua barba ruiva, rala, e por toda a sua figura pequena, o seu professor de língua grega.

— O senhor por aqui, Danil Ivánovitch? – disse Vánia, que de tão surpreso até se esqueceu de cumprimentá-lo.

— Como pode ver! Mas por que a surpresa, se você também está aqui e é de Petersburgo?

— Como é que não o encontrei antes?

— Compreensível, já que só cheguei ontem. Está aqui com a família? – perguntou o grego, finalmente sentando-se e secando a calva com um lenço de bordas vermelhas. — Sente-se também, aqui faz sombra e corre a brisa.

— Sim, minha tia e minha prima também estão aqui, mas não estou morando com elas, estou com os Sorókin, de quem talvez tenha ouvido falar.

— Ainda não tive o prazer. Aqui não é mau, nada mau: o Volga, os jardins e tudo o mais.

— E onde estão seu gatinho e seu melro? Trouxe-os com você?

— Não, vou viajar por muito tempo...

E começou a contar com entusiasmo como inesperadamente havia recebido uma pequena herança, resolvido tirar férias e realizar um antigo sonho, o de visitar Atenas, Alexandria, Roma..., mas que, enquanto não chegava o outono, quando faria menos calor para viajar pelos lugares do sul, percorria as regiões do Volga, detendo-se onde gostasse, e que só levava uma mala pequena e três ou quatro de seus livros preferidos.

— Hoje em dia em Roma, Pompeia, Ásia, há escavações interessantíssimas. Fizeram novas descobertas de obras literárias da Antiguidade.

E o grego se entusiasmou, seus olhos ganharam brilho e, de novo tirando o boné, falou por um longo tempo de seus sonhos, encantamentos, planos, enquanto

Vánia olhava tristemente para a cara sem beleza, resplandecente e plena de vitalidade do pequeno grego com sua calva ovalada.

— Sim, tudo isso é muito interessante, muito interessante – disse Vánia pensativo quando o grego, terminando sua narração, pôs-se a fumar um cigarro.

— E vai ficar aqui até o outono? – Danil Ivánovitch de repente se lembrou de perguntar.

— É provável. Vou à feira em Nijni Nóvgorod e de lá volto para casa – disse Vánia, quase envergonhado da mediocridade de seus planos.

— Então, está satisfeito? Esses Sorókin são gente interessante?

— São muito simples, mas bondosos e hospitaleiros – tornou a respondeu Vánia, com alguma hostilidade na expressão, porque, ao pensar naquelas pessoas, de súbito lhe pareceram inteiramente estranhas. — Fico muito, muito entediado! Sabe, não é só que não tenha ninguém a quem se possa contagiar com entusiasmo, não há nem mesmo quem possa apenas compreender e com quem se possam compartilhar as pequenas inquietações da alma – revelou Vánia de maneira inesperada. — Assim é aqui e talvez em Petersburgo seja igual.

O grego olhava atentamente para ele.

— Smúrov – começou Danil Ivánovitch com certa

cerimônia –, você tem um amigo capaz de apreciar as mais elevadas paixões da alma e em quem sempre poderá encontrar compreensão e amor.

— Eu lhe agradeço, Danil Ivánovitch – disse Vánia, estendendo a mão ao grego.

— Não há de quê – respondeu ele. — Mas, na verdade, não falava de mim.

— De quem, então?

— De Larion Dmítrievitch.

— Stroop?

— Sim... Espere, não me interrompa. Conheço muito bem Larion Dmítrievitch. Eu o vi depois daquele incidente infeliz e asseguro a você que, nisso, ele é tão culpado quanto seria você, se, por exemplo, eu me afogasse por você ter os cabelos loiros. É claro que Larion Dmítrievitch não se importa com o que falam dele em geral, mas chegou a expressar seu pesar porque algumas de suas pessoas mais queridas poderiam mudar com ele, e, entre outros, citou você. Tenha isso em mente, e também que ele agora está em Munique, no hotel Quatro Estações.

— Não o julgo, mas também não preciso do endereço dele. Se veio para me comunicar isso, preocupou-se à toa.

— Não seja presunçoso, meu amigo. Vou eu, um velho, em meu caminho de Petersburgo a Roma, passar em Vassilsursk só para comunicar o novo endereço de Stroop a Vánia Smúrov? Eu nem mesmo sabia que estava aqui. Você está perturbado, indisposto, e eu, como bom médico, como orientador, aponto a você o que está lhe faltando – a vida que, você bem sabe, se personifica em Stroop, nada mais.

* * *

— Você tem o corpo tão bem-feito, Vánietchka! – disse Sacha, despindo-se e olhando para a figura nua de Vánia, que estava ainda na areia seca e inclinava-se a fim de molhar a testa e as axilas antes de entrar na água. Vánia observou nas pequenas ondas que se afastavam em círculos pela água o reflexo de seu corpo alto e flexível com seus quadris estreitos, pernas compridas e torneadas, bronzeado dos banhos e do sol, seus longos cachos loiros sobre o pescoço fino, os olhos grandes no rosto redondo, agora mais magro, e, depois de sorrir em silêncio, entrou na água. Sacha, branquelo, corpulento e de pernas curtas, embora fosse alto, jogou-se numa parte mais profunda, chapinhando a água e salpicando tudo ao redor.

Por toda a margem até um rebanho que pastava ao longe, meninos se banhavam e corriam pela areia e pela água numa algazarra de vozes esganiçadas. Aqui e acolá, montinhos de camisas vermelhas e roupas de baixo; e distante, no alto, sob salgueiros, sobre a grama verde recém-cortada, também corriam meninos e adolescentes com seus corpos rosados que recordavam quadros do paraíso ao estilo de Thoma. Vánia, com alegria quase veemente, sentia seu corpo cortar a água fria e profunda, e com giros rápidos, como peixe, fazia espuma na superfície, menos fria. Cansado, nadava de costas, contemplando somente o céu brilhante pelo sol, de braços parados, sem saber para onde se dirigia. Gritos vindos da margem, cada vez mais fortes, fizeram-no voltar a si. Todos corriam em direção ao rebanho e à máquina de dragagem. Corriam, vestindo suas camisas e ouvindo os gritos que vinham de encontro: "Encontraram! Encontraram! Já o arrastaram para fora!".

— O que foi?

— O corpo de um afogado. Acabam de encontrá-lo. Afogou-se ainda na primavera, agarrou-se a um tronco, mas não conseguiu se manter na superfície – contavam os meninos, que passavam por eles correndo e logo os deixavam para trás.

Uma mulher de vestido vermelho e lenço branco na cabeça descia pela colina, chorando ruidosamente. Ao chegar ao lugar onde o corpo jazia sobre uma esteira, ela se deixou cair de cara na areia e prorrompeu em soluços e lamentos ainda mais estridentes.

— É Arina... A mãe... – sussurraram ao redor.

— Não se lembra? Contei a vida dele a você – dizia repetidamente Serguei, que aparecera naquele instante não se sabe de onde, a Vánia, que olhava com horror para o cadáver inchado e mucoso, de rosto já deformado, nu, somente de botas, repugnante e assustador sob o sol luminoso e rodeado de jovens barulhentos e curiosos, cujos corpos rosados se viam pela abertura das camisas desabotoadas. — Era filho único. Só pensava em ser monge. Fugiu três vezes com a ideia de tomar o hábito, mas sempre o faziam voltar. Ele insistia mesmo depois de umas surras. Enquanto os outros meninos compravam pães de mel, ele gastava tudo em velas. Apareceu por aqui uma mulher, uma rameira, ele não entendeu logo, e assim que entendeu foi nadar com os meninos e se afogou. Tinha só 16 anos... – o relato de Serguei veio como que pela água.

— Vánia! Vánia! – gritava com estridência uma mulher, levantando-se e caindo de novo na areia ao ver o cadáver inchado e mucoso.

Vánia, horrorizado, saiu correndo para a colina, tropeçando, arranhando-se nos arbustos e nas urtigas, sem olhar para trás como se o estivessem perseguindo, com o coração palpitante e as têmporas latejantes. Somente já no jardim dos Sorókin é que foi parar, onde já se viam as maçãs avermelharem nas macieiras, plantadas espaçadamente. Do outro lado do tranquilo Volga os bosques escureciam, os grilos cantavam na grama e tudo cheirava a mel e balsamita.

* * *

"É impossível contemplar os músculos e tendões do corpo humano sem estremecer!", Vánia lembrou-se das palavras de Stroop, enquanto à luz de uma vela observava no espelho com horror seu rosto magro, agora terrivelmente pálido, as sobrancelhas finas e os olhos grises, os lábios de um vermelho vivo e os cachos que caíam sobre seu pescoço fino. Ele nem sequer ficou surpreso de nessa hora avançada ter entrado de repente Mária Dmítrievna, fechando a porta firme e suavemente atrás de si.

— O que será de mim? O que será? – disse ele e correu para ela. — As bochechas vão cair e empalidecer, o corpo vai inchar e se cobrir de muco, os olhos serão comidos pelos vermes, todas as articulações se quebrarão em nosso amado corpo. Mas é impossível contemplar os músculos e tendões do corpo humano sem estremecer! Tudo passará! Tudo perecerá! E eu ainda não sei nada, não vi quase nada, e quero conhecer, ver... Tenho consciência, não sou como uma pedra, eu agora sei da minha beleza! É assustador! Assustador! Quem me salvará?

Mária Dmítrievna olhou para Vánia com alegria, sem espanto.

— Vánietchka, meu anjo, fico triste por você! Tenho pena! Eu tinha medo desse momento, porque, sim, pelo visto chegou a hora de se fazer a vontade do Senhor. – E, depois de soprar a vela devagar, abraçou Vánia e começou a beijá-lo nos lábios, olhos e bochechas, apertando-o cada vez mais forte contra seu peito. Ficando imediatamente alerta, Vánia sentiu calor, sentiu-se acanhado e constrangido, e, enquanto tentava se livrar do abraço, murmurava com outra voz, completamente diferente:

— Mária Dmítrievna, o que há com a senhora? Me deixe! Pare com isso!

Mas ela o apertava ainda mais forte contra seu peito, dando muitos beijinhos apressados nas bochechas, nos lábios, nos olhos, e sussurrava:

— Vánietchka, meu amado, minha alegria!

— Me deixe, mulher repugnante! – gritou finalmente Vánia, e, empurrando para longe e com todas as forças a mulher que o abraçava, saiu correndo e fechou a porta com estrondo.

***

— O que é que eu vou fazer agora? – perguntou Vánia a Danil Ivánovitch, para quem tinha corrido diretamente nessa noite ao fugir de casa.

— Acho que você precisa partir – opinou o dono da casa, vestindo um chambre que cobria o pijama e as sapatilhas.

— Mas partir para onde? De novo para Petersburgo? Vão perguntar por que voltei. E vou morrer de tédio.

— Sim, não seria agradável. Mas não pode ficar aqui. Você está transtornado demais.

— E o que é que eu vou fazer? – repetiu Vánia, fitando com olhar de desamparo o grego, que tamborilava com os dedos na mesa.

— Não conheço suas condições, seus meios, não sei até onde pode ir, de todo modo, não pode viajar sozinho.

— Então, o que faço?

— Se confiasse na minha boa vontade e não fosse imaginar sabe lá Deus que besteiras, eu lhe proporia, Smúrov, vir comigo.

— Para onde?

— Para o estrangeiro.

— Não tenho dinheiro.

— Teríamos o suficiente. Depois, com o tempo, nos ajustaríamos. Já em Roma saberíamos com quem você poderia voltar e para onde eu seguiria. Seria o melhor a fazer.

— Será que está falando sério, Danil Ivánovitch?

— Mais sério, impossível.

— Será mesmo possível? Eu em Roma?

— Possível, e muito! – sorriu o grego.

— Não posso acreditar!... – exclamou Vánia emocionado.

O grego, que fumava seu cigarro, agora apenas sorriu, olhando para Vánia.

— Que maravilhoso é você, Danil! Que generoso!

— Será um enorme prazer seguir viagem acompanhado. Certamente, vamos ter que economizar no caminho. Em vez de hotéis luxuosos, devemos procurar as pensões locais.

— Ah, isso será ainda mais divertido! – alegrou-se Vánia.

— Então, amanhã de manhã falarei com sua tia.

E até o amanhecer falaram sobre a viagem, sinalizaram as paradas, as cidades, os lugarejos, planejaram excursões... Ao sair à rua, onde se notava a erva crescida, sob o sol forte, Vánia se surpreendeu de ainda estar em Vassilsursk com o Volga e os bosques escuros além dele ainda à vista.

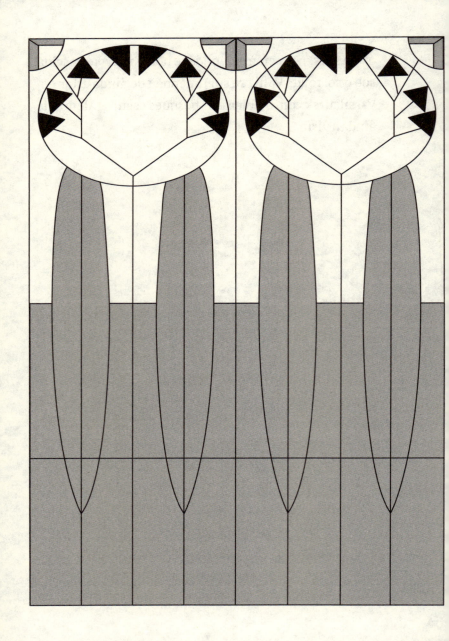

PARTE TRÊS

Sentaram-se os três juntos no café da Via del Corso depois de *Tannhäuser*. No meio de toda aquela algaravia italiana metade incompreensível, do tinido dos pratos e copinhos de sorvete e da música distante de uma orquestra de cordas que chegava atravessando a fumaça de tabaco, eles se sentiram em um ambiente quase íntimo, especialmente amistoso e de acordo com a iminente despedida. Sentados a uma mesinha, um oficial com uma asa inteira de galo no chapéu e duas damas com vestidos pretos chamativos não prestavam atenção alguma neles. E pela janela aberta, através do tule, viam-se lampiões de rua, carruagens que passavam, caminhantes nas calçadas, e se ouvia a fonte de uma praça que ficava perto.

Vánia parecia ainda mais jovem em seu traje, que ele acreditava muito elegante, embora fosse de todo comum. Nele se via um rapaz alto, esbelto e de pele muito branca. Danil Ivánovitch, que, na qualidade de "preceptor do príncipe viajante", como ele gostava de brincar, acompanhava seu amigo a toda parte, agora conversava com ar benévolo e protetor com ele e Ugo Orsini.

— Toda vez que escuto a primeira cena em sua segunda versão, a de Wagner do *Tristão*, sinto um entusiasmo indescritível, um estremecimento profético, como diante dos quadros de Klinger ou com a poesia de D'Annunzio. Essas danças de faunos e ninfas, essas aparições de Leda e Europa em paisagens que se mostram de repente, radiantes, resplandecentes, extraordinárias, e ao mesmo tempo antigas e profundamente conhecidas. Esses cupidos que das árvores disparam flechas, como em *A primavera* de Botticelli, nos faunos que dançam e estacam em gestos de tormento quando atingidos. E tudo isso diante de Vênus, que guarda com amor insólito e ternura o adormecido Tannhäuser. Tudo isso é como o sopro de uma nova primavera, nova e flamejante, que se ergue das profundezas escuras da paixão pela vida e pelo sol! – E Orsini limpou com um lenço seu rosto pálido, muito bem afeitado, ligeiramente rechonchudo, com olhos pretos sem brilho e lábios finos e sinuosos.

— É na verdade a única vez que Wagner se ocupa da Antiguidade – observou Danil Ivánovitch. — Não é a primeira vez que assisto a *Tannhäuser*, mas nunca a tinha visto com a cena de Vênus revisada, e sempre pensei que essa ópera e *Parsifal* partilhassem a mesma ideia e tivessem a mesma origem, e que eram os maiores projetos de Wagner. Mas não entendo e não estou de acordo com suas conclusões. Por que essa renúncia? Por ascetismo? Nem a natureza do gênio de Wagner, nem nenhuma outra coisa justifica esses desfechos!

— Em termos musicais essa cena não corresponde diretamente àquela escrita antes, e Vênus se parece um pouco com Isolda.

— Você, como músico, sabe melhor, mas o significado e a ideia pertencem já ao poeta e ao filósofo.

— O ascetismo é, em essência, o fenômeno mais antinatural, e essa história da castidade de alguns animais é pura invenção.

Serviram-lhes sorvete e água em taças grandes de haste alta. O café esvaziara-se um pouco e os músicos já começavam a repetir suas peças.

— Você parte amanhã? – perguntou Ugo, arrumando o cravo vermelho na lapela.

— Não, eu gostaria de me despedir de Roma, mas sem me separar de Danil Ivánovitch – disse Vánia.

— Você vai a Nápoles e à Sicília, não? E você?

— Vou a Florença, visitar um cônego.

— O cônego Mori?

— Exatamente.

— De onde o conhece?

— Nós nos conhecemos na casa de Gaetano Bossi, o arqueólogo... Sabe quem é?

— Que mora na Via Nazionale?

— Sim. O cônego é uma pessoa muito amável.

— Pois bem, posso então dizer com justiça: "Agora,

despedes em paz o teu servo". Vou passá-lo às mãos do monsenhor.

Vánia deu um sorriso afetuoso.

— Está cansado assim de mim?

— Terrivelmente! – brincou Danil Ivánovitch.

— Decerto vamos nos encontrar em Florença. Chegarei dentro de uma semana. Meu quarteto será tocado lá.

— Fico muito contente. O monsenhor, você sabe, estará sempre na catedral, e ele saberá meu endereço.

— Já eu me hospedarei na casa da marquesa Moratti, em Borgo Santi Apostoli. Mas, por favor, com ela não precisa de cerimônias. A marquesa vive só e toda visita a deixa feliz. Ela é minha tia, e eu, seu herdeiro.

Orsini sorria docemente com sua boca de lábios finos. Seus olhos pretos e sem brilho se destacavam em seu rosto branco e quase roliço. Os anéis reluziam em seus dedos ágeis, musicalmente desenvolvidos, e de unhas cortadas curtas.

— Esse Ugo parece venenoso, não parece? – perguntou Vánia ao seu companheiro de viagem, subindo para casa pela Corso.

— Que invencionice é essa? É uma pessoa muito gentil, nada mais.

* *
*

Embora caísse uma chuva fina que corria como arroios ao longo da calçada colina abaixo, o frescor do museu era agradável e foi bem-vindo. Depois de uma visita ao Coliseu, ao Fórum e ao monte Palatino, logo antes da partida, os dois passaram por uma pequena sala, onde estiveram diante de *O jovem correndo*[45] quase sozinhos.

— Somente o torso daquele identificado como Ilioneu se compara a este na vida e na beleza que expressa o corpo jovem, em que se pode ver correr sob a pele branca o sangue escarlate, em que todos os músculos se apresentam fascinantes, e em que a nós, os contemporâneos, não incomoda a ausência de braços e cabeça. O corpo mesmo, a matéria, perecerá, como também perecerão as obras de arte. Assim, quando não souberem mais de Fídias, Mozart ou Shakespeare, ainda poderão contar com a ideia, com o exemplo de beleza que guardam, e isso não pode perecer. E isso, talvez, seja a única coisa de valor na desordem mutante e transitória da vida. Ainda que a execução dessas ideias seja grosseira,

---

[45] Escultura romana que se supõe representar Ilioneu, um dos muitos filhos de Níobe morto por Ártemis e Apolo.

elas próprias são divinas e puras. Acaso nas práticas religiosas as mais sublimes ideias de ascetismo não tomavam forma de ritos simbólicos, selvagens, monstruosos, mas consagrados e divinizados pelo símbolo oculto neles?

E, para lhe dar um último conselho antes da despedida, Danil Ivánovitch disse:

— Escute, Smúrov: seja para consolo espiritual ou para um jeito de se arranjar sem gastar muito, dirija-se ao monsenhor. Mas, caso todo o seu dinheiro se acabe ou precise de algum sábio conselho, dirija-se a Larion Dmítrievitch. Darei a você o endereço. Está bem? Me promete?

— Será que não há ninguém mais a quem possa me dirigir? Não queria ter que fazer isso.

— Não conheço ninguém mais fiel. Mas você também pode procurar.

— E Ugo? Não me ajudaria?

— Acho difícil. Ele quase nunca tem dinheiro. Mas não sei... E você, o que tem contra Larion Dmítrievitch para não se dirigir a ele nem por carta? O que é que explica de verdade essa mudança?

Vánia passou longo tempo observando o busto do jovem Marco Aurélio, sem responder. Por fim, começou a falar monótona e lentamente:

— Não o culpo de nada, nem me sinto no direito de me ofender, mas eu lamento muito que, depois de descobrir certas coisas sem querer, eu não possa me relacionar com Stroop como antes. Isso me impede de ver nele o meu querido amigo e mentor.

— Se não soasse como coisa decorada, era de admirar todo esse romantismo. Você é como aquelas antigas damas "etéreas", que imaginavam que os cavalheiros deviam pensar que as moças não comem, não bebem, não dormem, não roncam nem assoam o nariz. Cada um tem sua direção, ninguém deve ser rebaixado por isso, por mais desagradável que seja para os outros. Ter ciúmes de Fiódor significa ver-se igual a ele, com o mesmo sentido e finalidade. Mas, ainda que tudo isso não seja nem um pouco inteligente, será sempre melhor que um escrúpulo romântico.

— Vamos deixar isso de lado. Se não tiver outro jeito, escreverei a Stroop.

— E faria bem, meu pequeno Catão[46].

— Você mesmo me ensinou a desprezar Catão.

— Pelo visto, sem muito sucesso.

---

46 Marco Pórcio Catão, o Velho, ainda o Censor, ou Sapiente, ou Prisco (234-149 a.C.), escritor e político romano.

※ ※
※

Dirigiam-se para a varanda por um caminho reto, atravessando um gramado com canteiros, cheios de flores não reconhecíveis à luz da aurora. Uma névoa fina, quase branca, se estendia e parecia correr para alcançá-los. Em alguma parte, piavam filhotes de coruja. A leste cintilava brandamente uma estrela através da névoa que começava a rosear-se, e bem de frente para eles as janelas da velha casa, de caixilhos todos iluminados, mostravam luzes acesas atrás dos vidros, insólita e estranhamente, pois que já refletiam o céu da manhã. Ugo havia acabado de assobiar seu quarteto e fumava em silêncio um cigarro. Quando passaram perto daquela varanda, sem que suas cabeças alcançassem a parte de baixo do corrimão, Vánia, ouvindo claramente falarem russo, se deteve.

— Ainda vai ficar muito tempo na Itália?

— Não sei. Você está vendo como mamãe está fraca. Depois de Nápoles, ficaremos em Lugano, mas não sei quanto tempo.

— Por tanto tempo serei privado da possibilidade de vê-la, ouvir sua voz... – disse a voz masculina.

— Uns quatro meses – interrompeu depressa a voz feminina.

— Uns quatro meses – repetiu ele, como eco.

— Não acho que chegue a se entediar...

Os dois se calaram ao ouvir os passos de Vánia e Orsini, que se aproximavam. No crepúsculo da manhã mal se viam as silhuetas de uma mulher sentada e de um cavalheiro, não muito alto, de pé ao seu lado.

Ao entrarem numa sala, onde foram envolvidos pelo calor algo sufocante das muitas pessoas ali reunidas, Vánia perguntou a Ugo:

— Quem eram esses russos?

— Anna Blónskaia e um dos pintores de vocês... não lembro do sobrenome.

— Ele parece apaixonado por ela.

— Oh, todo mundo sabe disso, bem como da vida devassa que ele leva.

— Ela é bonita? – perguntou Vánia, ainda com certa inocência.

— Olhe, veja você mesmo.

Vánia se virou e viu entrar uma moça magra e pálida de cabelos lisos e escuros, cortados logo abaixo das orelhas, um rosto de traços delicados, uma boca ligeiramente grande e olhos azuis. Atrás dela, uns cinco minutos depois, entrou, curvando-se ao passar pela porta, um jovem de uns 26 anos, com barbicha loira, cabelos cacheados, olhos claros bastante saltados sob sobrancelhas espessas da cor de ouro velho e orelhas pontudas como as de um fauno.

— Ele a ama e leva uma vida devassa, e todo mundo sabe de uma coisa e de outra? – perguntou Vánia.

— Sim, ele a ama tanto que, do jeito que a trata, é como se fosse sua mulher. Fantasias russas! – acrescentou o italiano.

Quando o pessoal já se dispersava e começava a sair, um clérigo gordo, revirando os olhos, repetia:

— Sua Reverência está tão cansado, mas tão cansado...

O sol entrou pela janela como um facho, brilhando com força, e ouviu-se o ruído surdo das carruagens em marcha.

— Então, até a vista em Florença – disse Orsini, apertando a mão de Vánia.

— Sim. Parto amanhã.

* * *
  *

Estavam todas deitadas nos peitoris, então cobertos com esteiras acolchoadas e coloridas: as *signore* Poldina e Filomena em uma janela e a *signora* Scholastica com a cozinheira Santina em outra. Enquanto isso, o monsenhor conduzia Vánia por uma rua estreita, escura e fria, até a velha casa, que tinha um aro de ferro em vez de campainha junto à porta. Quando a primeira onda de barulho de gritos e exclamações cessou, a *signora* Poldina continuou, sozinha, sua peroração.

— Ulisses diz: "Vou trazer um *signor* russo que viverá conosco". Digo: "Ulisses, você está brincando, conosco nunca viveu ninguém. Ele é um príncipe, um nobre russo, como é que vamos atendê-lo?". Mas o que meu irmão mete na cabeça, ele tem que fazer. Nós pensávamos que esse cavalheiro russo fosse um homem grande, alto, corpulento, algo como o *signor* Buturlin, que já conhecíamos, mas o que vimos foi um rapazinho tão magrinho, tão encantador, igual a um querubim... – e a voz de velha da *signora* Poldina se abrandou docemente com suaves cadências.

O monsenhor levou Vánia para visitar sua biblioteca e suas irmãs se retiraram para a cozinha e aos seus quartos. O monsenhor, suspendendo a sotaina, subiu pela escada, pelo que foi possível ver suas panturrilhas grossas, cobertas por meias de malha preta e sapatos muito grossos. Ele lia em voz alta e com entonação sacerdotal os títulos dos livros que podiam, de acordo com sua opinião, interessar mais a Vánia e silenciava deixando passar os demais. Atarracado e de bochechas vermelhas, ainda forte e alegre, apesar de seus 65 anos, o monsenhor era também obstinado e sua retidão parecia um tanto desajeitada. Na estante, de pé e deitados, viam-se livros italianos, latinos, franceses, espanhóis, ingleses e gregos. Tomás de Aquino ao lado de Dom Quixote, Shakespeare junto a legendas dispersas, Sêneca com Anacreonte.

— É um livro confiscado – explicou o cônego ao notar o olhar surpreso de Vánia, e pôs em um lugar afastado um pequeno volume ilustrado de Anacreonte. — Aqui há muitos livros confiscados de meus filhos espirituais. É que a mim não podem causar dano. E este é seu quarto! – anunciou Mori, fazendo Vánia entrar num grande cômodo quadrado, azulado, com cortinas brancas e no meio uma cama com dossel. Nas paredes quase nuas se viam gravuras de santos e madonas do Bom Conselho. Havia uma mesa simples e uma prateleira com livros de conteúdo edificante. Sobre a cômoda, embaixo de uma campânula de cristal, uma figura de cera de São Luís Gonzaga pintada e vestida como um *enfant de chœur*[47]; e, ainda, um aspersório com água benta junto à porta – objetos que conferiam ao quarto o aspecto de uma cela. Somente um piano ao lado da porta da sacada e um

---

47 Menino do coro. Em francês no original.

toucador perto da janela impediam que a semelhança fosse completa.

— Gato! Ah, gato! Chispa! Chispa! – correu Poldina para afugentar um gato branco e gordo que havia aparecido para inteirar a solenidade do ambiente.

— Por que o enxotou? Eu gosto muito de gatos – disse Vánia.

— Ah, o senhor gosta de gatos! Ah, meu filho! Que encanto! Filomena, traga a Michina com os filhotes para mostrar ao *signor*... Ah, que encanto!

* *
*

Caminharam desde cedo por Florença. O monsenhor foi contando, com sua voz melodiosa e potente, as ideias, os acontecimentos e anedotas tanto do século XIV quanto do XX. Transmitia com igual entusiasmo e interesse fossem os escândalos das crônicas da atualidade ou as historietas de Vasari[48]. Detinha-se em meio às vielas concorridas para dar rédea solta à sua eloquência,

---

[48] Giorgio Vasari (1511-1574), pintor, arquiteto e escritor italiano.

em sua maior parte acusatória; entabulava conversas com os passantes, com os cavalos, os cachorros; ria alto, cantarolava, e toda a atmosfera ao seu redor, impregnada de rústica cortesia popular, de uma delicadeza algo tosca, espontânea tanto na oratória quanto na alegria, lembrava o ambiente das novelas de Sacchetti[49]. Às vezes, quando sua reserva de relatos não chegava para satisfazer sua necessidade de falar, de falar com imagens, entonações, gestos, de fazer da conversação uma obra de arte primitiva, regressava aos antiquíssimos enredos dos novelistas e os narrava de novo com ingênua eloquência e firme convicção.

Ele conhecia tudo e todos, e de cada canto, de cada pedra de sua Toscana e de sua amada Florença conhecia a lenda e a historicidade anedótica. Aproveitando-se da condição de viajante de Vánia, levava-o consigo a toda parte. Aqui havia marqueses arruinados e condes que viviam em palácios decrépitos jogando cartas e, a propósito do jogo, brigando com os criados. Acolá, engenheiros e médicos, comerciantes que viviam com simplicidade, como antigamente: com moderação e par-

---

49 Franco Sacchetti (1335-1400), escritor e diplomata italiano, autor de *Trezentas novelas*, com quadros de costumes criados a partir de suas viagens.

cimônia. Músicos principiantes que ambicionavam a glória de Puccini e que imitavam seu rosto afeitado e rechonchudo e suas gravatas. O cônsul persa, homem gordo, solene e benévolo, que vivia perto de San Miniato com seis sobrinhas; farmacêuticos, alguns meninos de recado, anglicanos convertidos ao catolicismo e, por fim, *madame* Monier, esteta e pintora que vivia em Fiesole com toda uma companhia de convidados em sua *villa*, enfeitada com delicadas alegorias de primavera, com vista para Florença e o vale do Arno, sempre alegre, de baixa estatura, gorjeadora, ruiva e bastante feia.

* * *

Ficaram na varanda, sentados à mesa, onde, sob a luz baixa do ocaso já avançado, os pratos, de um intenso vermelho-escuro, mostravam-se sobre a toalha de mesa rosada como poças de sangue. O cheiro dos charutos, morangos e vinho restante nos copos se misturava com o cheiro das flores do jardim. Da casa, chegava a voz de uma mulher que cantava canções antigas, interrompidas ora por um instante de silêncio, ora por um demorado ruído de vozes e risos. E, quando dentro acendeu-se o fogo, o aspecto da varanda já na penumbra recordava a encenação de *Interior*, de Maeterlinck. E Ugo Orsini, com seu cravo vermelho na lapela, pálido e imberbe, continuou a falar:

— Você não pode imaginar com que mulher ele anda se perdendo! Se uma pessoa não é asceta, não há delito maior do que um amor puro. Para alguém que amou Blónskaia, veja só a que ponto ele desceu: a única coisa boa em Veronica Cibo são aqueles olhos libertinos de sereia em seu rosto pálido. Sua boca... Ah, que boca! Ouça só como ela fala. Não há frivolidade que ela não repita, não diz nada que não seja a mais pura vulgaridade! Como a menina do conto, com cada palavra pula fora de sua boca um sapo ou um rato. É a pura verdade! E ela não o deixará escapar. Ele esquecerá Blónskaia e o próprio talento e tudo no mundo por essa mulher. Ele está se perdendo como pessoa e sobretudo como artista.

— E você acha que se Blónskaia... Se ele a amasse de outra maneira, poderia romper com Cibo?

— Acho, sim.

Depois de se calar um instante, Vánia voltou a falar com timidez:

— E acha realmente que o amor puro é inacessível para ele?

— Não vê o que acontece? Basta olhar para a cara dele para compreendê-lo. Não afirmo nada, pois é impossível garantir qualquer coisa, mas vejo que ele está se perdendo e vejo pelo quê, e isso me enfurece porque gosto muito dele e o admiro, e porque odeio igualmente as duas, Cibo e Blónskaia.

Orsini acabou de fumar seu cigarro e entrou na casa. Vánia, ficando só, não fazia mais que pensar no jovem pintor meio curvado, de cabelos cacheados e loiros, de barbicha e olhos grises, claros, maliciosos e tristes, muito saltados sob sobrancelhas espessas da cor de ouro velho. E, sem ter claro por quê, lembrou-se de Stroop.

Da sala se ouvia a afetada voz de pássaro de *madame* Monier.

— Lembram-se daquele Segantini[50] em que há um anjo de asas enormes sobre uns apaixonados ao lado de uma fonte nas alturas? São os próprios apaixonados que deviam ter asas, todos os apaixonados corajosos e livres.

— Uma carta de Ivan Stránnik[51]. Que mulher adorável! Ela nos saúda e nos manda a bênção de Anatole France. Beijo seu nome, grande mestre!

---

50 Giovanni Segantini (1858-1899), pintor italiano. A obra em questão é *O amor na fonte da vida*, de 1896.
51 Pseudônimo da escritora, crítica e tradutora russa Anna M. Anítchkova (1868-1935), que viveu em Paris e se relacionou com influentes escritores da época, entre eles Anatole France e Émile Zola, frequentadores de seu salão literário.

— É sua? Com texto de D'Annunzio? Claro, entendo, mas por que a escondeu?

E se ouviu o ruído de cadeiras sendo arrastadas, os potentes e majestosos acordes de um piano e a voz de Orsini, que cantava com paixão inocente uma melodia expressiva, ainda que algo trivial.

— Ah, estou tão contente! Seu tio, você diz? Sim, não tem igual! – chilreava *madame* Monier ao sair andando depressa para a varanda, toda de cor-de-rosa, ruiva, feia e encantadora. — Você está aqui? – chocou-se ela com Vánia. — Novidade! Chegou um compatriota seu. Se bem que não é russo, embora seja de São Petersburgo. É um grande amigo meu. É meio inglês. Hein? O que acha? – lançou ela sem esperar resposta, e desapareceu indo ao encontro do recém-chegado, pelo caminho largo do jardim, então já iluminado pela lua.

— Pelo amor de Deus! Vamos embora! Tenho medo! Não quero vê-lo! Vamos sem nos despedir! Agora! Neste minuto! – Vánia apressava o cônego, que, sentado diante de um sorvete, olhava-o com olhos muito abertos.

— Está bem, está bem, minha criança! Mas não sei por que tem medo. Vamos. Só me deixe encontrar meu chapéu.

— Rápido! Rápido, *cher père*! – consumia-se Vánia por um medo irracional. — Por aqui, por aqui, pois por ali vem gente! – dizia, enquanto se desviava para um lado do caminho principal, de onde bem se ouviam batidas de cascos e rodas da carruagem.

E por uma curva de uma vereda estreita, contornando o caminho largo próximo, saiu de repente bem perto deles *madame* Monier, acompanhada de alguns convidados. Um deles, inequivocamente, de todo reconhecível à luz da lua, era Stroop.

— Vamos esperar – sussurrou Vánia, apertando a mão do cônego, que claramente viu cobrir-se o rosto sorridente e agitado de seu pupilo de um intenso rubor, perceptível mesmo à luz da lua.

***

Quatro cabriolés puxados por burros passaram, de saída, pelos portões da mansão, construída ainda no século XIII, que tinha um poço na sala de jantar do primeiro andar, para o caso de cerco, uma lareira em que cabia a cabana de um pastor, além de uma biblioteca, muitos retratos e uma capela. Para o caso de fazer frio durante a subida, os criados levaram capas e mantas, além das enviadas anteriormente com as provisões. De Florença, haviam chegado na estação Borgo San Lorenzo, depois passado a cavalo por Scarperia, com seu castelo e suas forjas de aço, e ainda por Sant'Agata. Tomaram apressados o café da manhã para voltar das montanhas antes do cair da tarde. Comeram todos em silêncio, o único ruído era o dos garfos e facas e, o mais agudo, o das colherinhas no café. Atravessaram vinhedos e granjas rodeadas de castanheiros, e foram subindo e subindo por uma estrada tão sinuosa que a primeira carruagem se encontrava quase sempre logo acima da última. Conforme avançavam, iam abandonando plantas mais próprias do sul por bétulas, pinheiros, musgos e violetas, e as nuvens já se viam lá de cima. Ainda antes de chegar ao topo do Giogo, de onde se dizia ser possível contemplar os mares Mediterrâneo e Adriático, puderam ver de repente, depois de uma curva, Firenzuola, que parecia um monte de pedras vermelho-acinzentadas, e a sinuosa estrada que levava a Faenza, por onde vinha subindo uma antiga diligência. Esta se deteve para que uma de suas passageiras saísse para as necessidades, enquanto o cocheiro fumava tranquilamente na boleia alta da diligência, à espera do momento em que pudesse voltar ao caminho.

— Como isso me recorda a saudosa memória de Goldoni[52]! Que simplicidade maravilhosa! – entusiasmava-se

---

52 Carlo Goldoni (1707-1793), dramaturgo considerado um dos maiores nomes do teatro italiano.

madame Monier, que estalava de instante em instante um chicote de cabo vermelho.

Em uma taberna escurecida pela fumaça, que mais parecia um antro de bandidos, ofereceram-lhes ovos fritos, queijo, *chianti* e salame. A dona, uma mulher zarolha e queimada de sol, apoiava uma bochecha no espaldar de uma cadeira de madeira para ouvir um homem sem jaqueta, de chapéu de feltro esverdeado, sobrancelhas pretas e olhos grandes, que falava dela aos presentes.

— Já se sabia desde muito tempo que Beppo aparecia aqui toda noite... Os carabineiros diziam a ela: "Dona Pasqua, não deprecie nosso dinheiro. Beppo cairá de um jeito ou de outro". Ela ficava pensando, mas não se decidia... Pasqua é uma mulher honesta, olhem para ela... Mas o destino será sempre o destino. Uma vez Beppo chegou meio bêbado do casamento de um conterrâneo e foi dormir... Pasqua já tinha prevenido os carabineiros e assobiou para eles. Antes havia tirado de Beppo todas as facas e a escopeta. O que ele podia fazer? Ele afinal é uma pessoa, *signori*...

— Como esbravejava! Já amarrado, chutou esse banco aí com os pés, estatelou-se no chão e começou a rodar! – dizia Pasqua com voz roufenha, e brilhavam seus dentes e seu único olho, e ela sorria como se contasse a coisa mais agradável.

— Sim, sim, Pasqua é valente! Mesmo zarolha desse jeito! Mais um copinho? – propôs o homem barbado, dando um leve tapa no ombro de Pasqua.

* *
*

— Smúrov! Orsini! Voltem rápido lá pra cima! Esqueci minha sombrinha! Vocês são os últimos! Esperamos por vocês aqui! Hein? O quê? Sombrinha! A sombrinha! – gritava do primeiro cabriolé *madame* Monier, freando os burros e voltando sua cara feia, rosada e sorridente emoldurada pelos cabelos ruivos ao vento.

A taberna estava vazia, a mesa desarrumada, os bancos fora de lugar e as cadeiras recordavam os hóspedes que haviam acabado de sair. Ouviam-se, vindo de trás de uma cortina que ocultava uma cama, sussurros confusos acompanhados de suspiros.

— Quem está aí? – gritou Orsini da soleira. — A *signora* esqueceu a sombrinha aqui. Não viram?

Atrás da cortina ainda sussurravam. Depois, Pasqua saiu arrumando a saia suja, despenteada, sem lenço nem corpete, tostada de sol, esquálida e, apesar de sua juventude, horrivelmente velha, e apontou em silêncio para o canto em que estava a sombrinha, com sua renda branca, uns desenhos amarelos, imprecisos, na parte de cima e o cabo branco. De trás da cortina uma voz masculina gritou: "Pasqua! Ei, Pasqua! Vem logo? Já foram?".

— Já vou! – respondeu com voz rouca a mulher, que depois se aproximou de um pedaço de espelho pregado na parede e enfiou em seus cabelos desgrenhados o cravo vermelho esquecido por Orsini.

* * *

Eram quase os únicos no teatro que acompanhavam com inteira atenção as confissões de Isolda a Brangäne[53] e que praticamente não se deram conta da entrada do rei com as rainhas no camarote em frente ao palco. O rei fez uma reverência canhestra para cumprimentar o público, que o recebia com gritos de saudação. Acomodou-se na poltrona logo atrás do corrimão com aspecto aborrecido e sério. Pequeno, de bigode e cabeça grande, tinha uma expressão ao mesmo tempo sentimental e severa. Apesar de começada a ação, a sala estava completamente iluminada. As damas, de vestidos decotados e colares à mostra, sentavam-se nos camarotes quase de

---

[53] Personagens da ópera *Tristão e Isolda* (1859), de Wagner.

costas para a cena, conversavam e riam. Os cavalheiros, de flores na lapela, enfadonhos e corretos, iam de camarote em camarote. Serviam sorvetes, e os senhores de idade, sentados nos fundos do camarote, liam jornais, segurando-os bem abertos.

Vánia, sentado entre Stroop e Orsini, não ouvia os cochichos nem o barulho em redor. Todo o seu pensamento estava centrado em Isolda, que acreditava ouvir os chifres da caça no rumor das folhas.

— Eis a apoteose do amor! Sem a noite nem a morte, seria um grande canto à paixão. O próprio desenho da melodia e toda a cena são rituais! Algo como os hinos! – disse Ugo a Vánia, que estava inteiramente pálido.

Stroop, sem se voltar, olhava pelo binóculo para o camarote em frente ao deles, onde estavam sentados, quase apertados um ao outro, o pintor loiro e uma mulher pequena de cabelos ondulados, pretos e brilhantes. Ela tinha ainda enormes olhos claros sobre o rosto pálido, sem maquiagem, e lábios carnudos de um vermelho intenso. Estava com um vestido amarelo brilhante com bordados dourados. Distinta e pretensiosa, tinha um queixo vulgar e audaz até a loucura. E Vánia escutava maquinalmente os relatos das aventuras dessa Veronica Cibo, em que se misturavam diferentes nomes de homens e mulheres que se tinham perdido por causa dela.

— É uma completa miserável! – destacou-se a voz de Ugo. — Um tipo do século XVI.

— Oh! Esse nome é muito elegante para ela! Mulherzinha asquerosa, isso sim – e se ouviam as qualificações mais grosseiras da boca desses cavalheiros corretos que olhavam com avidez para aquele vestido amarelo e aqueles olhos libertinos de sereia em seu rosto pálido.

Toda vez que Vánia se dirigia a Stroop, para um comentário qualquer ou uma pergunta simples, ruborizava-se e sorria, dando a entender que acabava de fazer as pazes com ele depois de um tempestuoso embate ou que havia se recuperado de uma longa doença.

— Só penso em Tristão e Isolda – dizia Vánia, caminhando com Orsini pelo corredor. — São a representação mais ideal do amor, a apoteose da paixão. Mas, olhando para a parte exterior e para o final da história, não é essencialmente a mesma coisa que encontramos na taverna de Giogo?

— Não entendo bem o que quer dizer. O que o perturba é a presença mesma da união carnal?

— Não, mas em cada ato real há algo ridículo e humilhante. Ora, Isolda e Tristão não precisavam desabotoar as roupas e tirá-las? Porque suas capas e calças eram já tão pouco poéticas quanto estas nossas jaquetas.

— Oh! Que ideias! É engraçado! – disse Orsini, rindo e olhando surpreso para Vánia. — Mas isso não foi sempre assim? Não sei o que você quer dizer.

— Se a essência nua é uma só, não é indiferente o jeito de se chegar a ela? Seja por um amor formidável ou por um impulso animal?

— O que há com você? Não estou reconhecendo o amigo do cônego Mori! Naturalmente, o fato e a essência nua não são importantes. O que é importante é a relação que vamos ter com eles. E o ato mais injusto ou a situação mais incrível podem justificar-se e purificar-se pela nossa relação com eles – disse Orsini, muito sério, quase professoral.

— Pode ser que isso seja verdade, apesar do caráter moral, edificante... – comentou Vánia, sorrindo. Depois sentou-se ao lado de Stroop e olhou atentamente para ele.

* *
*

Chegaram um pouco cedo à estação para acompanhar *madame* Monier, que partia para a Bretanha, onde passaria umas duas semanas antes de voltar a Paris. No céu amarelo pálido brilhavam os globos dos lampiões elétricos. Soavam gritos de *"Pronti! Partenza!"*. Agitavam-se os passageiros dos trens recém-chegados, ouviam-se os pedidos gritados ao balcão de um café e o tilintar de muitas colherinhas. Enquanto esperavam o trem, tomavam café. Um ramo de rosas Gloire de Dijon descansava sobre um número do *Le Figaro* aberto junto às luvas de *madame* Monier, sentada com um vestido cáqui com laços amarelo-claros. Os cavalheiros faziam graça com as notícias políticas que liam quando na mesa ao lado apareceram Veronica Cibo, em traje de viagem, com um véu verde sobre o rosto, o pintor, com uma sacola e, atrás deles, um carregador com a bagagem.

— Olhem! Estão indo! Ele está definitivamente perdido! – disse Ugo, reintegrando-se a seu grupo depois de cumprimentar o pintor.

— Para onde estão indo? Como ele não se dá conta de nada? Mulher infame! Desprezível!

Cibo levantou o véu. Pálida e desafiadora, indicou em silêncio ao carregador o lugar onde deixar as coisas, e pôs a mão sobre o braço de seu companheiro de viagem como se o tomasse sob seu domínio.

— Olhem! É Blónskaia! Como é que ela soube? Não tenho inveja de nenhuma das duas, nem de Cibo nem de Blónskaia – murmurou *madame* Monier, enquanto a outra, toda de cinza, caminhava depressa em direção ao pintor, que, sentado de costas para ela, não podia vê-la, e sua impassível companheira de viagem, que naquele instante tinha seus olhos de sereia fitos em algum ponto. Quando se aproximou, falou baixo e em russo.

— Serioja, para onde vai? E por quê? Por que manteve isso escondido de mim, de todos nós? Você por acaso não é nosso amigo? Não importa, agora sei, e sei também que ela é sua perdição! Talvez eu mesma seja culpada de alguma coisa, é algo que eu possa consertar?

— O que há para ser consertado?

Cibo, imóvel, olhou fixamente para Blónskaia, mas como que se não a visse, feito cega.

— É possível que desista se eu me casar com você? Sabe que o amo.

— Não! Não! Eu não quero nada! – respondeu ele, rude, com voz entrecortada, como se temesse ceder diante dela.

— Não há mesmo nada que se possa fazer? Isso é mesmo inevitável?

— Talvez. Muitas coisas acontecem tarde demais.

— Serioja, acorde! Vamos voltar! Você vai se perder por completo, não só como artista!

— Por que continuamos falando? É tarde para consertar as coisas. Além do mais, é isso o que quero! – disse de súbito, quase gritando, o pintor.

Cibo voltou seus olhos para ele.

— Não! Não é o que você quer – disse Blónskaia.

— Ora, então eu mesmo não sei o que quero?

— Não sabe. Você é um menino, Serioja!

Cibo se pôs de pé para ir atrás do carregador, que levava uma mala, mas antes voltou-se para o seu companheiro e lhe disse algo inaudível. Ele também se pôs de pé e, vestindo o sobretudo, nada respondia a Blónskaia.

— Então, Serioja, Serioja... Vai partir de todo modo?

Madame Monier gorjeava ruidosamente ao despedir-se de seus amigos, acenando para eles, já de seu compartimento no trem, com sua cabeça ruiva atrás do ramo de rosas Gloire de Dijon. Quando deram a volta, viram Blónskaia caminhar depressa, toda vestida de cinza, apoiando-se em sua sombrinha.

— Parece que estivemos em um enterro – observou Vánia.

— Tem gente que parece estar sempre no próprio enterro – respondeu Stroop sem olhar para Vánia.

— A perda de um artista é uma verdadeira tragédia.

— Há uns que são artistas da vida, e sua perdição não é menos trágica.

— E às vezes é tarde demais para fazer certas coisas – acrescentou Vánia.

— Sim, às vezes é tarde demais para fazer certas coisas – repetiu Stroop.

※ ※
※

Entraram em um cubículo de teto baixo, iluminado somente pela luz que chegava pela porta aberta, onde estava sentado, inclinado sobre uma bota, um velho sapateiro de óculos redondos, como nos quadros de Dou[54]. Vinham da rua, onde estava ensolarado, e ali sentiram frio. O cubículo cheirava a couro e jasmim, havia alguns ramos da flor numa garrafa bem perto do teto, na prateleira mais alta da estante, junto a alguns pares de botas. O aprendiz olhava para o cônego, que estava sentado com as pernas abertas e secava a testa com um *foulard* vermelho. E o velho Giuseppe disse, melodioso e com bonomia:

— O que sou? Sou um pobre artesão, senhores, mas existem os artistas; os artistas! Oh, não é tão simples costurar uma bota segundo as regras da arte. É preciso conhecer e estudar o pé para o qual se costura. É preciso saber onde o osso é mais largo, onde é mais estreito, onde há calos, se o peito do pé é mais alto que o normal. Um pé nunca é igual a outro, e tem que ser ignorante para pensar que bota é bota e serve a qualquer

54 Gerrit Dou (1613-1675), pintor holandês.

pé. E tem cada pé, meus senhores... Ah, é cada pé! E todos têm que andar. O que Deus, Nosso Senhor, criou de obrigatório para os pés foi ter cinco dedos e um calcanhar, todo o resto está a serviço disso, entendem? E se alguém tem seis ou quatro dedos, também foi Deus quem lhe concedeu pés assim e é com eles que deve andar, igual aos outros. E o mestre sapateiro deve saber disso e fazer o melhor que puder.

O cônego tragava o *chianti* ruidosamente de um copo grande e espantava as moscas que a todo instante pousavam em sua testa, coberta de gotas de suor e por um chapéu preto de abas largas. O aprendiz continuava olhando para ele, enquanto a fala de Giuseppe soava melodiosa e monótona e provocava sono. Quando passaram pela praça da catedral para ir ao restaurante Giotto, muito frequentado pelo clero, encontraram-se com o velho conde Giudetti, maquiado, de peruca, caminhando quase apoiado em duas moças de aparência modesta e quase tímidas. Vánia se lembrou dos relatos sobre esse velho meio arruinado, sobre suas ditas "sobrinhas", sobre a agitação que demandavam os sentidos agora desgastados desse velho libertino, com sua cara de morto maquiado e seus olhos vivos e brilhantes de inteligência e sagacidade. Lembrou-se de suas conversas em que, enquanto mastigava, saíam de sua boca paradoxos, agudezas e histórias que em nosso tempo estão se perdendo, e lhe pareceu ouvir a voz de Giuseppe dizendo: "E se alguém tem seis ou quatro dedos, também foi Deus quem lhe concedeu pés assim e é com eles que deve andar, igual aos outros".

— As paredes e as pedras se ruborizavam enquanto se desenrolava o julgamento do conde – disse Mori ao passar pela esquerda para uma sala cheia de figuras pretas dos clérigos e uns poucos frequentadores seculares que queriam comer às sextas-feiras a comida da quaresma.

Uma inglesa de certa idade falava com um jovem imberbe em um francês com forte sotaque:

— Nós, os convertidos, amamos mais e compreendemos mais conscientemente toda a beleza e todo o encanto do catolicismo, de seus ritos, seus dogmas, sua disciplina.

— Pobre mulher – explicava o cônego enquanto pousava o chapéu ao seu lado, sobre um banco de madeira. — É de família boa, rica, mas agora tem que dar aulas, e passa necessidades porque abraçou a verdadeira fé e todos a rechaçaram.

— *Risotto!* Três porções!

— Éramos mais de trezentas pessoas quando vínhamos de Pontassieve. Há sempre muitos peregrinos rumo à Annunziata[55].

— Meu São Jorge! Com ele, com São Miguel Arcanjo e com a Santa Virgem, com esses protetores não há nada que temer nesta vida! – perdia-se no rumor geral o sotaque da mulher inglesa.

* * *

— Antínoo era natural da Bitínia. A Bitínia era a Suíça da Ásia Menor, com montanhas verdejantes, riachos montanhosos, imensos pastos... Foi pastor antes de Adriano tomá-lo sob sua proteção. Sempre acompanhava o imperador nas viagens e, durante uma delas, morreu no Egito. Corriam rumores confusos de que ele mesmo se afogara no Nilo como sacrifício aos deuses pela vida de seu protetor. Outros afirmavam que se afogou ao salvar Adriano, que se banhava. No momento de sua morte os astrônomos descobriram uma nova

---

55 A Basílica da Santíssima Anunciada de Florença, igreja medieval que possui uma pintura da Anunciação que, segundo a lenda, foi concluída por um anjo. Tornou-se por isso lugar de peregrinação.

estrela no céu. Sua morte, envolta em aura de mistério, e sua extraordinária beleza, que já havia feito ressuscitar uma arte decadente, afetaram não só o ambiente da corte. O inconsolado imperador quis honrar seu amante e o incorporou ao panteão divino, organizou jogos, construiu palestras e templos em honra dele e oráculos onde, nos primeiros tempos, ele mesmo escrevia os vaticínios com versos em estilo antigo. Mas seria um erro pensar que o novo culto tenha se propagado pela força, que tenha se oficializado somente no círculo dos cortesãos e que tenha caído com seu fundador. Muito mais tarde, alguns séculos depois, encontramos comunidades que veneravam Diana e Antínoo, nas quais se faziam banquetes participativos, modestos rituais e o sepultamento de seus membros segundo os meios e costumes da comunidade. Os membros dessas comunidades, oriundos da classe mais pobre, eram protótipos dos primeiros cristãos. Até nós chegou um estatuto completo de uma dessas sociedades. Assim, com o passar do tempo, a divindade do amante do imperador adquiriu um caráter de além-túmulo, o caráter de uma deidade noturna, e se fez muito popular entre os pobres. Ainda que não tenha se difundido como o culto a Mitra, foi a divinização de um ser humano que produziu uma das mais fortes correntes de adoração.

O cônego fechou o caderno, olhou para Vánia por cima dos óculos e disse:

— Embora a moral dos imperadores pagãos não nos diga respeito, não posso esconder de você, meu filho, que a relação de Adriano com Antínoo era, evidentemente, algo além de um amor paternal.

— Por que pensou em escrever sobre Antínoo? – perguntou Vánia com indiferença, pensando em outra coisa, sem olhar para o cônego.

— Li para você o que escrevi hoje de manhã, em geral escrevo sobre os imperadores romanos.

Vánia achou engraçado que o cônego houvesse escrito sobre a vida de Tibério em Capri e, sem se conter, perguntou:

— O senhor escreveu sobre Tibério, *cher père?*
— Evidentemente.
— E sobre a vida dele em Capri, lembra-se de como Suetônio[56] a descreve?

Mori, desconcertado, disse com veemência:

---

56 Caio Suetônio Tranquilo (*c.* 69-141), historiador, autor de *A vida dos doze césares*. Na obra, descreve orgias promovidas pelo imperador Tibério Nero César (42 a.C.-37 d.C.) durante retiro na ilha de Capri.

— É horrível! Você tem razão, meu amigo! É horrível! E dessa perdição, dessa cloaca, só o cristianismo com seus ensinamentos pode salvar o gênero humano!

— E em relação ao imperador Adriano, o senhor tem menos restrições?

— Há uma grande diferença, meu amigo. Com Adriano temos algo elevado, ainda que, naturalmente, seja um erro terrível dos sentimentos lutar contra aquilo que nem mesmo as pessoas iluminadas pelo batismo podem vencer sempre.

— Mas não é essencialmente a mesma coisa em todo momento?

— Está terrivelmente enganado, meu filho. É importante a relação que temos com cada ato, seu objetivo, assim como a causa que o engendrou. Os atos não são mais que movimentos mecânicos do nosso corpo, coisa que não pode ofender ninguém, muito menos o Senhor Deus! - E o cônego Mori de novo abriu o caderno, no lugar em que havia posto seu polegar gordo.

* * *

Eles andavam pelo caminho mais à direita que levava a Cascina, de onde se viam, através das árvores, prados com fazendas e, mais além, algumas montanhas não muito altas. Passaram ao largo de um restaurante, vazio a essa hora do dia, e seguiram caminhando por aquele lugar que ia tomando cada vez mais um aspecto de aldeia. Guardas com botões brilhantes, alguns sentados num banco, e, distante, um grupo de meninos de sotaina corria sob a atenção de um abade corpulento.

— Fico muito agradecido de ter aceitado vir aqui – disse Stroop, sentando-se em um banco.

— Se vamos falar, então é melhor que seja andando. Assim compreendo melhor as coisas – disse Vánia.

— Perfeito.

E voltaram a caminhar, ora detendo-se, ora tornando a circular por entre as árvores.

— Por que tem me privado de sua amizade, de sua simpatia? Acha que tenho culpa da morte de Ida Holberg?

— Não.

— Então por quê? Diga sinceramente.

— Digo sinceramente: por causa de sua história com Fiódor.

— O que pensou?

— Eu sei o que houve, você não pode negar.

— Claro.

— Talvez agora eu visse de forma inteiramente diferente, mas então eu não sabia muitas coisas, não sabia bem o que pensar. E foi muito difícil para mim porque confesso que achei que iria te perder para sempre e, contigo, todos os caminhos para a beleza da vida.

Deram a volta num pequeno prado e tomaram a mesma vereda. E se ouvia ao longe o ruído dos meninos que jogavam bola e riam alto.

— Eu amanhã devo partir para Bari, mas posso ficar. Isso agora depende de você. Se for *não*, me escreva "Parta". Se for *sim*, escreva "Fique".

— Mas que *não*? Que *sim*? – perguntou Vánia.

— Quer que eu te diga com todas as palavras?

— Não, não... Não precisa. Estou entendendo... Mas por que desse jeito?

— Agora é necessário que seja assim. Vou esperar até a uma.

— Em todo caso, terá uma resposta.

— Um esforço a mais e te crescerão asas. Já posso vê-las.

— É possível, mas dói muito quando elas crescem – disse Vánia, sorrindo depois.

* * *

Ficaram até tarde sentados na varanda, e uma hora Vánia se apercebeu de que ouvia Ugo atenta e despreocupadamente, como se não precisasse dar uma resposta a Stroop no dia seguinte. Havia algo prazeroso no suspense daquela situação, dos sentimentos, das relações. Além de certa leveza entremeada de inquietação. Ugo seguia falando, e com entusiasmo.

— Ainda não tem título. Primeiro quadro: um mar cinza, rochedos, um céu dourado que evoca a distância, os argonautas em busca do velo de ouro. Tudo impressiona por sua novidade e singularidade, e ali se reconhece num instante o amor antigo e a pátria. Segundo quadro: Prometeu acorrentado e castigado: "Ninguém pode desvelar os segredos da natureza sem violar suas leis nem receber castigo! E só um parricida e incestuoso resolverá o enigma da esfinge!". Aparece Pasífae, cega de paixão pelo touro, terrível e vaticinante: "Não vejo as diversas cores de uma vida sem regras, nem a harmonia dos sonhos proféticos". Estão todos aterrorizados. Então vem o terceiro quadro: em uns prados sagrados se desenrolam cenas das *Metamorfoses*, em que os deuses tomam diversas formas para o amor. Cai Ícaro. Cai Faetonte. E diz Ganímedes: "Pobres irmãos, dos que voaram pelo céu, somente eu permaneci lá, porque vocês foram arrastados ao sol pelo orgulho e pelos jogos infantis, enquanto eu fui tomado por um amor fragoroso, incompreensível aos mortais". Florescem enormes e proféticas flores de fogo. As aves e os animais vão aos pares e na tremulante névoa rosada se veem as 48 formas de fornicação humana dos *manuels érotiques* hindus. E tudo começa a girar com giro dobrado! Cada ente em sua própria esfera! E a esfera vai se tornando cada vez maior, e o giro cada vez mais rápido, até que todas as formas se fusionem e toda essa massa em movimento ganhe contornos e se cristalize, de pé sobre o mar reluzente e os rochedos amarelos e desarborizados sob um sol insuportável, em uma imensa e radiante figura de Zeus-Dioniso-Hélio!

* * *

Vánia se levantou depois de toda a noite sem dormir, esgotado e com dor de cabeça. Com calma intencional, se lavou e se vestiu. Sem abrir as persianas, foi até a mesa em que havia um jarro com flores e escreveu sem pressa: "Parta". Depois de pensar um instante, com o rosto ainda sonolento, acrescentou: "Vou com você". E abriu a janela para a rua, inundada de um sol esplendoroso.

POSFÁCIO

NEL MEZZO DEL COMING OUT

POR
IVAN SOKOLOV

Quando o romance *Asas* foi escrito, em 1905, Mikhail Aleksêievitch Kuzmin (1872-1936), seu autor, encontrava-se *nel mezzo del cammin*, praticamente na metade da vida. Mas que sentido faziam os anos de uma vida para esse "Senhor das Trevas", como o chamava Anna Akhmátova, esse imortal Cagliostro-Casanova do mundo da poesia de São Petersburgo? Sua imagem hipnotizava tanto seus contemporâneos que estes confessavam: "Ao se ver Kuzmin pela primeira vez, quer-se perguntar: 'Diga sinceramente quantos anos o senhor tem?'. Mas ninguém se atreve, por medo de ter como resposta: 'Dois mil'". O próprio poeta, que a essa altura ainda teria muitos anos antes da morte (e muitas vezes brincaria de morrer), não era alheio à vaidade, algo habitual nas verdadeiras coquetes, de se fazer alguns anos mais jovem nos documentos autobiográficos.

O passado do estreante de 33 anos em 1905 guardava uma infância provinciana mais ou menos feliz na região do rio Volga, nas cidades de Iaroslavl e Sarátov, em ambiente de particular interesse pela mistura cultural. O pai do escritor – um oficial reformado da Marinha, já idoso, de linhagem nobre, mas não rica –, com suas raízes na cultura dos velhos crentes, aproximou Kuzmin do mundo, digamos, mais puramente russo. Já a mãe era bisneta de um famoso ator francês. Essa combinação da tradicional religiosidade popular, a paisagem do Volga e a refinada e aristocrática cultura europeia foi determinante para Kuzmin, tanto para o homem como para o artista. Assim, como na vida Kuzmin sempre oscilou entre o amor pelos verões idílicos do Volga e a aspiração de partir para o Ocidente, para a Itália, também na arte observa-se estreita ligação entre as tradições russa (Púchkin, Dostoiévski, Leskóv) e europeia (Shakespeare, Goethe, Musset e muitos outros).

A infância na província deu lugar à adolescência em São Petersburgo, onde, por volta da virada do século, Kuzmin entra para os círculos boêmios, inicialmente como compositor profissional, aluno de Rímski-Kórsakov (portanto, wagneriano, de fácil associação ao simbolismo), e intérprete de seus poemas sob composição musical própria. A criação de *Asas* se dá quase ao mesmo tempo que se compõe e publica o primeiro ciclo de poemas de Kuzmin, *Canções de Alexandria*, a princípio compostos justamente como letras para romanças[1].

---

[1] Buscando-se por "Kuzmin Alexandrian Songs", encontra-se uma lista de reprodução no YouTube com essas admiráveis canções interpretadas por Mila Chkirtil. [EXCETO MENÇÃO CONTRÁRIA, TODAS AS NOTAS SÃO DO AUTOR DO POSFÁCIO.]

Esses versos encantaram os contemporâneos não só por sua prosódia (Kuzmin foi o primeiro poeta russo a escrever um livro de poemas em verso livre), mas também pela entonação surpreendentemente nova, em que se combinam o lirismo ingênuo e a habilíssima estilização da poesia clássica. Entretanto, o aparecimento de Kuzmin na literatura do modernismo russo foi precedido por seus desvarios, detalhadamente estudados por seus biógrafos John Malmstad e Nikolai Bogomólov.

Em 1893, no contexto de sua primeira relação importante – com o príncipe George, um jovem oficial –, o futuro autor de *Asas* tenta o suicídio. Ao sair do hospital, confessa tudo à mãe, em quem descobre uma amiga sensível; no futuro, os assuntos de amor de Kuzmin se tornarão o objeto de ternas e íntimas conversas ao fim do dia ("por alguma razão, falávamos sempre em francês", assim lembra mais tarde o escritor). Na primavera, Kuzmin parte com o príncipe George numa viagem memorável pelos países do Mediterrâneo (a passagem pelo Egito foi especialmente determinante e é a essa experiência que se remetem as *Canções de Alexandria*). No caminho de volta, o príncipe George, então com 25 anos, morre em Viena. Sofrendo duramente a perda, Kuzmin embarca para um período de errância pela Europa, apaixona-se por um *lift-boy* em Roma, submete-se por um tempo à tutela do cônego italiano Mori e, com certa dificuldade, encontra o caminho de volta a São Petersburgo. Adiante, um breve entusiasmo pelos velhos crentes, muita música, alguns relacionamentos curtos e a morte da mãe. Na primavera de 1905, Kuzmin se apaixona pelo jovem Grigóri Muravióv e, no verão, passa uma semana na casa de parentes dele nos arredores de Moscou. Já no outono, enquanto na esfera romântica se desenrolavam dois ou três envolvimentos em paralelo, Kuzmin entra para o círculo dos escritores simbolistas de São Petersburgo e dos artistas da associação Mundo da Arte, tornando-se frequentador de recitais, debates, mistérios e dos salões eróticos na "Torre" do poeta Viatcheslav Ivánov.

Observando-se esse percurso como um caminho que leva desde os horizontes do Volga pelas recônditas casas de banho e salões de São Petersburgo até a liberdade italiana, a história de Kuzmin certamente fará lembrar ao leitor a trajetória de *Asas*, em que a maioria das personagens tem realmente referências autobiográficas.

A poética autobiográfica, isto é, a percepção da vida do escritor como projeto artístico, é justamente um dos interesses centrais do modernismo. Mikhail Kuzmin, autor de poesia lírica, prosa narrativa e de um célebre diário, considerado importante documento da época, é conhecido, apreciado e lembrado pelos leitores russos em primeiro lugar pela imagem única do artista, construída por ele com o material da própria vida. Era em muito a imagem de um esteta e um intelectual, interessado pela vida das camadas inferiores da sociedade e pelos altos voos do espírito humano. Entretanto, trata-se acima de tudo da figura de um homem que percebe as peculiaridades de seu destino e de sua psicologia tão detalhadamente e com tal imaginação que as faz tornarem-se objetos de significado universal. A entonação íntima das obras de Kuzmin, que tanto espanta quanto fascina seus leitores até hoje, compõe-se como um jogo de confissão. O autor pode mentir um pouco sobre os fatos e ser documental na exposição da fantasia; e é possível que, às vezes, os trechos mais pessoais, em que se nota maior franqueza, sejam justamente os mais permeados de invenção, enquanto os mais gerais e banais sejam reproduzidos com meticulosidade de cronista. Desse entrelaçamento se engendra a mais notável realização de Kuzmin como figura modernista de primeira linha: o detalhe de um encontro fugaz com um rapaz é reproduzido por ele como símbolo desvelado a todo leitor e, ao mesmo tempo, toda a cultura mundial acumulada é tratada como evento de sua biografia. Pode-se recordar, como exemplo, o magnífico trecho de seu diário, de 18 de setembro de 1905 (exatamente quando terminava o trabalho com *Asas*), em que surpreende a transição que se faz, aparentemente perfeita, do particular para o universal, de uma alusão sexual – à parte a tradição do erotismo cortês –, um episódio de costumes, para um elemento da história universal:

> Gricha foi tão amável durante o chá; se pela prolongada separação, pela sensação de estar de visita, ou só por estar mais acostumado comigo, não sei, mas ele foi carinhoso, alegre e delicado. E tudo, a mesinha, as brincadeiras ligeiramente maliciosas, os beijos, o frio, o quarto elegante, tudo me falava de algo do século XVIII.

Todos os modernistas russos suspiravam pela "cultura universal", mas é Kuzmin quem inventa essa combinação de uma abordagem erótica domesticada com apelo a épocas distantes na história da literatura e da arte. Ganha forma diante do leitor uma mistura especial do particular com o público tão convincente, original, individual e natural ao mesmo tempo, que as notas de Kuzmin lampejam nos escritores russos de diários íntimos, lírica confessional e romances autobiográficos ainda hoje. Recorrendo-se ao diário, pode-se sublinhar o ponto de inflexão que representa o ano de 1905 na (auto)biografia de Kuzmin: é o momento em que, tendo ingressado no círculo dos simbolistas, concluído o primeiro ciclo de poemas e o romance, com sua combinação de confessionalidade e apuro estilístico, Kuzmin começa a escrever diários, o que seguiria fazendo até os últimos dias de vida. Ao que parece, é precisamente o trabalho em gêneros diversos que ajuda o escritor a encontrar a sua voz: já em 1906, no contexto de seu romance com o jovem Pável Máslov, Kuzmin escreve alguns de seus versos mais conhecidos: "Onde encontrarei estilo para descrever o passeio,/ o Chablis no gelo, o pãozinho assado...", fascinando os contemporâneos com o seu "espírito de minúcias, ligeiro e encantador". Ao mesmo tempo, sua experiência prosaística vai se desenvolver na ideia de "clareza bela" – uma prosa econômica, de fabulação irônica, ligeiramente clássica, que pretende uma leveza diáfana. O caminho posterior do escritor é repleto de tragédias e realizações: pela aproximação inicialmente do acmeísmo e, depois, da última geração vanguardista, os poetas da

OBERIU[2] (Danil Kharms, Aleksandr Vvediênski), Kuzmin tornou-se uma figura legendária e de primeira importância do modernismo russo, cujo poder de atração se mantém ainda hoje, apesar das décadas de supressão de seu nome pela censura soviética depois de sua morte, que se dera em decorrência de uma pneumonia,[3] em 1936.

Ademais, na Rússia, Mikhail Kuzmin é lembrado não só por motivos artísticos. Por mais trágico que tenha sido seu primeiro romance, com o príncipe George, Kuzmin entrou para a história como um dos homossexuais mais livres e francos do modernismo. Havia, claro, algumas condições favoráveis a isso: por mais estranho que possa parecer hoje, historiadores como Dan Healey nos dizem que, até a criminalização stalinista da homossexualidade em 1933, a vida dos homossexuais na Rússia era, ainda que possam apontar aqui importantes ressalvas, algo mais livre do que na Europa e nos

---

2   Acrônimo de Obiedinienie Realnogo Iskusstva, "Associação de Arte Real". [N. T.]

3   Acerca da morte de Kuzmin, registra seu parceiro de longa data, o escritor Iúri Iurkun (executado dois anos depois): "Mikhail Aleksêievitch morreu em perfeita harmonia com todo o seu ser, de maneira leve, graciosa, alegre, quase festiva...".

Estados Unidos. As questões jurídicas, religiosas e de saúde relacionadas à condição dos homossexuais na Rússia mudaram em diferentes épocas – o contato entre pessoas do mesmo sexo podia ser descrito e julgado de distintas maneiras, de uma pelos camponeses, de outra pelos cortesãos, mas se pode afirmar que a atitude geral para com os homossexuais nas cidades grandes em fins do século XIX e início do XX era relativamente tranquila. É provável que a facilidade com que se publicou o romance se deva às indulgências da censura do Império Russo depois da Revolução de 1905.

Além disso, a São Petersburgo daqueles anos contava com uma grande comunidade mais ou menos boêmia de homossexuais com características antropológicas específicas na fala, nos gestos e no vestuário, e um mercado de prostituição masculina de flagrante hierarquia biossocial, para não falar dos espaços da cidade onde se encontravam os homossexuais, como casas de banho e parques. Todo o *corpus* de Kuzmin, dos versos e romances ao diário e à correspondência, pode ser tomado como um raro documento etnográfico, que proporciona ao leitor de hoje a possibilidade de estudar a vida dos homossexuais na fase de agonia do Império Russo de maneira satisfatoriamente detalhada. Kuzmin, entretanto, particulariza-se por, ao engajar-se nas discussões de seu tempo sobre a homossexualidade (antes nos termos do neoplatonismo místico do que nos da psiquiatria), elaborar não exatamente uma teoria, mas, digamos, uma concepção e uma prática da homossexualidade, algo de todo inovador naquele tempo, cuja relevância mantém-se ainda hoje.

O ideal de Kuzmin era a coabitação familiar, a parceria sexual e o contato intelectual fluente entre dois homens (de preferência entre um mais novo e um mais velho) que estejam inteiramente em paz com sua sexualidade. É um modelo de monogamia, embora de fato não excluísse a prática de poliamor, sobretudo na boemia (contatos eróticos nas reuniões de artistas simbolistas) e no comércio sexual (os serviços dos prostitutos). Trata-se, portanto, de um modelo em grande medida determinado pela interpretação vitoriana da homossexualidade entre os antigos gregos, a ideia de pederastia sublime (contato homossexual como parte de um *ethos* pedagógico). Mas é, sobretudo, um modelo afirmativo e harmonioso de homossexualidade, notadamente livre de estigma e marginalização, ao contrário da maioria dos discursos contemporâneos a Kuzmin. Em uma das primeiras anotações no diário (28 de agosto de 1905), Kuzmin formula essa atitude da seguinte forma:

Sempre penso em ter um amigo que me agrade fisicamente, que seja capaz de trilhar os novos caminhos da arte, seja um esteta, um companheiro nas preferências, nas aspirações, nos encantamentos, que seja um pouco aluno e admirador, para viajarmos juntos pela Itália, rindo, como crianças, banhando-nos em beleza, frequentando concertos, passeando, comigo a admirar seu rosto, olhos, corpo, voz, tendo-o para mim – eis o que seria a felicidade.

Nesse ideal físico, intelectual e social, além de nosso já conhecido vetor italiano, o leitor discernirá imediatamente, como num pequeno cristal, o enredo básico de *Asas*. A maioria das personagens do romance partilha da atitude tranquila e positiva de Kuzmin para com a homossexualidade, e alguns, como o esteta inglês Stroop ou o professor de grego Danil Ivánovitch, apregoam-na abertamente. As palavras de Stroop, ditas em seu salão, em clima de festa platônica, e ouvidas por Vánia, podem ser tomadas por mote do romance: "Somos helenos, amantes do belo, bacantes da vida futura". O interesse da *intelligentsia* de São Petersburgo à época pelos mistérios helenísticos e pela afirmação nietzschiana da vida (*Bejahung*) é, de certa maneira, refratado por Kuzmin nessa união idealista de beleza sublime, concebida pelo intelecto, experimentada diretamente pelo corpo. Da mesma maneira, numa reflexão de Kuzmin registrada em seu diário, a alta cultura (sejam as esculturas de Fídias, o estilo rococó ou *Tannhäuser* e *Parsifal* de Wagner) tem de provocar uma sensação equivalente ao êxtase sexual ("'É impossível contemplar os músculos e tendões do corpo humano sem estremecer!', Vánia lembrou-se das palavras de Stroop").

Ecletismo e síntese são as orientações principais do método de Kuzmin e o alicerce de sua utopia. Como o prazer intelectual encontrado no talento do parceiro "capaz de trilhar os novos caminhos da arte" deve ser inseparável do apelo erótico de seu rosto, também os diversos gêneros devem tomar parte na construção da beleza. Grande parte de *Asas* é, de fato, um diálogo socrático sobre eros e estética. O próprio nome do romance, a imagem da alma alada pela experiência divina do amor por um jovem, vem do diálogo *Fedro*, de Platão. Apesar da importância notada nessa sensível revisão do neoplatonismo para o círculo de simbolistas mais próximo de Kuzmin, o que camadas mais amplas da *intelligentsia* encontraram no romance foi antes uma manifesta utopia sociopolítica, herdeira tanto de variantes clássicas do gênero quanto de um precedente russo de poucas décadas antes, o romance *O que fazer?*, de Nikolai Tchernychévski. Assim, o poeta Aleksandr Blok recordou descontente que o público contemporâneo de Kuzmin subestimou nele o artista, tomando *Asas* por um panfleto tendencioso, algo como o famoso projeto de amor livre na comuna, idealizado por Tchernychévski, apenas apresentado de outra maneira. O significado dessa interpretação não pode ser exagerado: é precisamente o que explica o sucesso escandaloso do romance publicado em 1906. Antes da publicação, o manuscrito já havia empolgado leitores e ouvintes do círculo íntimo de Kuzmin. Ao sucesso comercial e de crítica da primeira edição, publicada em revista, seguiram-se mais quatro edições durante a vida do autor, as duas primeiras das quais receberam uma enxurrada de críticas, polêmicas em sua maioria. Reprochado por Andrei Biély, líder dos simbolistas de Moscou, *Asas* foi apreciado na França, onde se produziram resenhas críticas; além disso, os jornais se inundaram de paródias e folhetins sobre Kuzmin, os "banhos russos" se popularizaram enormemente, os círculos decadentes tinham paixão pelo romance e os salões dos conservadores, repugnância, e isso para não falar da glória instantânea no meio gay.[4]

A pungência dessas reações ao romance por certo se explicava pelo caráter de provocação de Kuzmin. A "utopia" não esgota o conteúdo de *Asas*, pelo contrário, o romance, ao que parece, causou alvoroço nos leitores justamente porque o mundo nele representado, a patentear os voos do espírito homoerótico, conservava os traços da realidade homofóbica que o engendrara. Não por acaso há um sem-número de alusões e aposiopeses a que recorrem as personagens de *Asas*: "Os amores de Stroop são outra coisa, uma coisa completamente diferente",

---

[4] Kuzmin passa a receber de toda a Rússia cartas de leitores agradecendo por ter lhes retratado uma experiência próxima; um aficionado de Iaroslavl apaixona-se por correspondência pelo autor e implora a ele que vá visitar sua cidade natal; em São Petersburgo, um rapaz, modelo-vivo, aparece para o autor como "para um Wilde russo" e oferece suas memórias como material; surgem muitos boatos sobre as casas de banho de São Petersburgo. Tendo conhecido em 1907 o cadete Viktor Naúmov, namorado e destinatário do poeta nos últimos anos, Kuzmin escreve em seu diário: "Comecei agora a interrogá-lo de forma clara e precisa, mas o que descobri foi o seguinte: ele sempre se incomodou com as coisas que eu disse em *Asas*".

alude com sarcasmo um parente de Vânia. Mesmo na cena da casa de banho, que aos contemporâneos pareceu beirar a pornografia, nada é nomeado diretamente, ou nem sequer mostrado: o prostituto apenas relata sua rotina profissional, do outro lado da parede, ao banhista mais velho, sendo que, para referir-se ao ato sexual, empregam o gracioso eufemismo "travessura"[5]. Para o leitor "entendido", porém, junto a essa experiência alienante da marginalização dos homossexuais, testemunhada apenas indiretamente no romance, decifrar as figuras homossexuais, que traços lhes são recorrentes ou o que sobre elas fantasia o autor, pode se tornar um jogo literário capaz de proporcionar um verdadeiro e erótico "prazer do texto".

O leitor modernista, em geral, tomou o romance de Kuzmin como algo em pé de igualdade com outras

---

[5] A tensão entre utopia e estigma da homossexualidade reflete-se também na onomástica de *Asas*. Dos protagonistas, os nomes – Ivan ("agraciado por Deus") e Larion, de Illarion ("alegre") – contrapõem-se aos sobrenomes, que trazem referências lúgubres: Smúrov, de *smurnói* ("sombrio", "sorumbático"), e Stroop, que, de origem germânica, soa como as palavras russas *trup* ("cadáver") e *strup* ("casca de ferida").

notórias provocações sexuais, tanto da alta quanto da baixa literatura. A questão da "russidade" do amor entre pessoas do mesmo sexo[6] despertou especial interesse em um público cheio de entusiasmo e indignação. Apesar de se poder, como escreveu o filólogo Simon Karlinsky, encontrar referências à homossexualidade tanto na aurora da literatura russa (*A lenda de Boris e Gleb*, do século XI) quanto em seu período clássico (a poesia de Púchkin e Liérmontov, os romances de Dostoiévski e Tolstói, *Os preciosos contos russos*, do folclorista Aleksander Afanássiev), na percepção do público o tema era periférico. Por isso, a legitimação da homossexualidade em Kuzmin, além de ser escandalosa por si só, o era também pela questão de sua "origem estrangeira" (Grécia antiga, Inglaterra, Itália), em particular, a inescapável associação a Oscar Wilde, cujo julgamento em 1895 fora assunto de estrondosa repercussão nos jornais russos. Por analogia com a definição de Púchkin para Oniéguin, que seria imitador de Byron, como "um moscovita com

---

6   O próprio escritor faz a associação de modo inequívoco; assim registra em 20 de julho de 1934, em um de seus últimos diários: "O elemento russo revelou-se a mim muito tarde [...] e me veio por outros caminhos, pela Grécia, o Oriente e a homossexualidade".

capa de Harold", os amigos de Kuzmin o chamavam de "um petersburguês com capa de Wilde"[7] — ao escritor mesmo, entretanto, Wilde não era figura próxima. Em seu diário, em 1906, Kuzmin se horroriza por ter a confraria dos simbolistas situado "ao lado de Cristo essa pessoa esnobe, hipócrita, pusilânime e um mau escritor que maculou aquilo pelo que foi julgado". De acordo com Evgueni Bershtein, estudioso do modernismo russo, essa recusa de Kuzmin a Wilde decorre precisamente das diferenças em seus programas: no culto russo ao autor de *A balada do cárcere de Reading*, Kuzmin não viu mais que reverência pela compreensão mística do sofrimento – algo inteiramente estranho ao seu modelo, afirmativo e revolucionário, de homossexualidade. A figura meio inglesa de Stroop, aliás, continuou a incomodar os críticos incapazes de penetrar no texto e que viam em *Asas* uma convocação direta aos jovens provincianos, aos mujiques, para se venderem nas casas de banho da capital a ricos estrangeiros.

---

[7] Em 18 de setembro de 1905, Kuzmin registra em seu diário: "Grigóri [...] estava muito interessado em saber quando é que seria publicado meu romance; já à pergunta 'de que personagens ele gosta', respondeu, não sem diplomacia, 'aqueles, que são algo como ingleses de Iaroslavl'".

Se à imprensa conservadora preocupava o aspecto estético e estrangeiro da utopia homossexual de *Asas*, no círculo da *intelligentsia* liberal, ao contrário, a polêmica se deu com a etnografia especificamente russa da homossexualidade de Kuzmin. Os amigos simbolistas, a quem Kuzmin leu com prazer seu diário íntimo, também se incomodaram, tanto com as aspirações burguesas, "de família", do escritor homossexual, como com sua atitude consumista na exposição do comércio sexual (os simbolistas reconheciam apenas uma liberdade de "orgia" boêmia, um mistério intelectual). Dentre todos os comentários sobre *Asas*, destaca-se a resenha de Vassili Rózanov, importante pensador russo da virada do século, que pertencia aos círculos próximos de Kuzmin e mais tarde entrou para a história com seu tratado sobre a homossexualidade – *Os homens do luar* (1911). O que provocou a incompreensão indignada de Rózanov (um apreciador versado tanto de Platão quanto de banhistas atraentes) foi justamente a síntese processada por Kuzmin do sublime com o ordinário: da beleza com a prostituição, do eros platônico com um detalhe tipicamente russo – "um ranço de sopa de repolho" que chegava até Vánia.

Essa recepção, um tanto resistente e viesada da homossexualidade em *Asas*, tinha ainda premissas mais amplas. Se perdoarmos o anacronismo da terminologia, não será difícil concordar com aqueles estudiosos que consideram *Asas* o primeiro romance de *coming-out* do mundo. Não é, decerto, o *coming-out* como parte de um roteiro social regulamentado, como o conhecemos hoje, que se descreve no romance; mas a franqueza de Kuzmin sem dúvida fez dele um pioneiro, se considerarmos a literatura ocidental a ele contemporânea. A homossexualidade dos protagonistas, seja em *O retrato de Dorian Gray*, de Wilde, ou *O imoralista*, de André Gide, nunca chega a se explicitar; com Whitman, se restringe ao âmbito da poesia. Só em algumas décadas os versos honestos de Konstantínos Kaváfis, também daqueles anos, estariam disponíveis ao público geral. E o brasileiro *Bom crioulo* (1895), de Adolfo Caminha, permanece desconhecido na Rússia. E, se a situação da censura à homossexualidade nos últimos cem anos mudou profundamente nos países ocidentais, em dezembro de 2022, quando escrevo este texto, o romance de Kuzmin adquire nova pungência para o leitor russo. Mês passado, o governo da Federação Russa aprovou uma nova lei que efetivamente criminaliza qualquer representação LGBT em espaço público. Como foi informado, pelas bibliotecas de Moscou já se espalha uma lista de livros destinados a sair do catálogo disponível: consta na lista a obra citada de Rózanov, *Os homens do luar*.

Na Rússia pós-soviética, Kuzmin de fato se tornou um dos mais importantes precursores não só para a nova comunidade gay, mas para todo leitor do pós-socialismo que descobriu a possibilidade da literatura erótica (é revelador o título da série em que *Asas* foi reeditado em 1994: "Banquete do sexo. Pérolas da literatura íntima")[8]. Mas, apesar da importância de Kuzmin para a formação da consciência da identidade gay no espaço da língua russa, é preciso notar que, embora seja indiscutível que o autor tenha pretendido a provocação e saboreado essa glória de subcultura de *Asas*, ele de todo modo não se considerava um ativista gay, mas um

---

[8] Depois da morte do autor, durante a União Soviética, o romance foi editado três vezes no exterior; depois dos anos soviéticos, ao menos mais catorze reedições. E traduções continuam a aparecer nas principais línguas europeias, às vezes, mais de uma numa mesma língua, como esta que o leitor tem em mãos. Algumas edições saem por séries comprometidas com o tema da homossexualidade, como a alemã Bibliothek Rosa Winkel, outras a situam entre grandes clássicos, de modo a realçar seu valor artístico, como a coleção espanhola Clásicos de la Literatura.

artista[9]. Provavelmente, o melhor leitor do romance será aquele capaz de aproveitar a etnografia gay da São Petersburgo do período pré-revolucionário, que pode solidarizar-se com a concepção utópica de "amantes do belo" e, afinal, encontrar algo novo em *Asas*, como obra de arte. O romance é um encontro do Oriente com o Ocidente, dos sentimentos com o intelecto, do velho com o novo. Ele, é claro, tem suas raízes na tradição da literatura russa: Danil Ivánovitch é como uma versão aperfeiçoada dos professores rurais de Tchékhov, Vánia Smúrov é diretamente tomado de empréstimo de um grupo de meninos de *Os irmãos Karamázov*, de Dostoiévski (um daqueles que, posteriormente, renasceriam em *O olho*, de Vladimir Nabokov). Mas *Asas* é sobretudo um romance modernista, um romance de final aberto, que termina quando apenas se iniciam a vida, o amadurecimento, o amor e a história de nossos dias.

---

9   O esteta Kuzmin recusava com veemência as acusações de pornografia.

IVAN SOKOLOV é poeta, tradutor e crítico literário de São Petersburgo, doutorando no Departamento de Línguas e Literaturas Eslavas da University of California, Berkeley. Autor de cinco livros de poesia, traduziu G.M. Hopkins, Gertrude Stein, Frank O'Hara, John Ashbery e outros escritores para o russo, e a poesia de Natalia Azarova para o inglês.

PREPARAÇÃO Yuri Martins de Oliveira
REVISÃO Ricardo Jensen de Oliveira, Huendel Viana e Tamara Sender
PROJETO GRÁFICO Kaio Cassio

DIRETOR-EXECUTIVO Fabiano Curi

Editorial
DIRETORA EDITORIAL Graziella Beting
EDITORAS Livia Deorsola e Julia Bussius
EDITORA DE ARTE Laura Lotufo
EDITOR-ASSISTENTE Kaio Cassio
ASSISTENTE EDITORIAL/DIREITOS AUTORAIS Pérola Paloma
PRODUTORA GRÁFICA Lilia Góes

RELAÇÕES INSTITUCIONAIS E IMPRENSA Clara Dias
COMUNICAÇÃO Ronaldo Vitor
COMERCIAL Fábio Igaki
ADMINISTRATIVO Lilian Périgo
EXPEDIÇÃO Nelson Figueiredo
ATENDIMENTO AO CLIENTE Meire David
DIVULGAÇÃO/LIVRARIAS E ESCOLAS Rosália Meirelles

EDITORA CARAMBAIA
Av. São Luís, 86, cj. 182
01046-000 São Paulo SP
contato@carambaia.com.br
www.carambaia.com.br

© Editora Carambaia, 2023

TÍTULO ORIGINAL *Крылья* [São Petersburgo, 1906]

CIP-BRASIL. CATALOGAÇÃO NA PUBLICAÇÃO
SINDICATO NACIONAL DOS EDITORES DE LIVROS, RJ

K98a
Kuzmin, Mikhail Alexeivitch, 1875-1936
Asas / Mikhail Kuzmin; tradução Francisco
de Araújo; posfácio Ivan Sokolov.
1. ed. – São Paulo: Carambaia, 2023
200 p.; 18 cm

Tradução de: *Крылья*
ISBN 978-65-5461-008-7

1. Ficção russa. 2. Novela russa.
I. Araújo, Francisco de. II. Sokolov, Ivan. III. Título.

23-82948   CDD: 891.73   CDU: 82-3(470+571)
Gabriela Faray Ferreira Lopes
Bibliotecária — CRB-7/6643

© Editora Carambaia, 2023

TÍTULO ORIGINAL *Крылья* [São Petersburgo, 1906]

CIP-BRASIL. CATALOGAÇÃO NA PUBLICAÇÃO
SINDICATO NACIONAL DOS EDITORES DE LIVROS, RJ

K98a
Kuzmin, Mikhail Alexeivitch, 1875-1936
Asas / Mikhail Kuzmin; tradução Francisco
de Araújo; posfácio Ivan Sokolov.
1. ed. – São Paulo: Carambaia, 2023
200 p.; 18 cm

Tradução de: *Крылья*
ISBN 978-65-5461-008-7

1. Ficção russa. 2. Novela russa.
I. Araújo, Francisco de. II. Sokolov, Ivan. III. Título.

23-82948   CDD: 891.73   CDU: 82-3(470+571)
Gabriela Faray Ferreira Lopes
Bibliotecária — CRB-7/6643

O PROJETO GRÁFICO DESTE LIVRO inspirou-se nos adornos, objetos e azulejos dos tradicionais banhos russos (*banyas*), ambiente frequentado tanto pelo personagem Stroop como pelo próprio autor da obra no início do século XX. O biombo da capa evoca a sutileza das representações homoeróticas de *Asas*, em que tudo acontece nos pequenos gestos, revelando e mascarando as paixões "de outra natureza" de seus protagonistas.

O vermelho, tão presente nos teatros imperiais frequentados pelos artistas da chamada Era de Prata russa, está no plano de fundo da capa. A segunda cor se refere ao próprio autor, Mikhail Kuzmin, poeta considerado excêntrico – "prateado", nas palavras da poeta Marina Tsvetáieva.

Os detalhes de vitrais que abrem as partes da novela se inspiram no estilo art-nouveau, presente também na adornada e afiada tipografia dos títulos, ToY, do designer suíço Philipp Herrmann (2019). Para o texto principal, utilizou-se a fonte More Pro, do polonês Łukasz Dziedzic (2010).

O livro foi impresso em papel Pólen Bold 70 g/m², na Geográfica, em abril de 2023.

Este exemplar é o de número

0990

de uma tiragem de 1.000 cópias